Jorge Fernando dos Santos

Todo mundo é filho da mãe

EDITORA
CIÊNCIA MODERNA

Copyright © 2002 Editora Ciência Moderna Ltda.

Todos os direitos para a língua portuguesa reservados pela EDITORA CIÊNCIA MODERNA LTDA.

Nenhuma parte deste livro poderá ser reproduzida, transmitida e gravada, por qualquer meio eletrônico, mecânico, por fotocópia e outros, sem a prévia autorização, por escrito, da Editora.

Editor: Paulo André P. Marques
Supervisão Editorial: Carlos Augusto L. Almeida
Produção Editorial: Tereza Cristina N. Q. Bonadiman
Ilustração: Son Salvador
Capa: Cleber Goulart
Diagramação: Érika Loroza
Copydesk: Tereza Cristina N. Q. Bonadiman
Revisão de provas: Eliana Rinaldi
Assistente Editorial: Daniele M. Oliveira

FICHA CATALOGRÁFICA

Santos, Jorge Fernando dos
Todo mundo é filho da mãe
Rio de Janeiro: Editora Ciência Moderna Ltda., 2002.

Crônicas
I — Título

ISBN: 85-7393-237-6   CDD 070.43

Editora Ciência Moderna Ltda.
Rua Alice Figueiredo, 46
CEP: 20950-150, Riachuelo – Rio de Janeiro – Brasil
Tels.: (021) 2201-6662/2201-6492/2201-6511/2201-6998
Fax: (021) 2201-6896/2281-5778
E-mail: LCM@LCM.COM.BR
WWW.LCM.COM.BR

*Este livro é dedicado aos meus
companheiros de redação, particularmente:
Augusto Pio, Dídimo Paiva,
Jefferson da Fonseca e Tereza Caran.*

*Aos mestres Tito Tupiá Neto, Pedro Campos
de Miranda e os irmãos da Spinoza.*

Sumário

A sabedoria do meu compadre 1

O bêbado da minha rua 5

Lição dos homens simples 7

A arte de entrar em agências bancárias 11

Gentileza no trânsito 15

À espera do ônibus noturno 19

Espírito de porco do natal 21

Um dia de cão 25

Somos todos perdedores 29

Coisas que acontecem 33

Quando a caça salva o caçador 37

Juventino na malhação 39

TODO MUNDO É FILHO DA MÃE

O GORILA É BOA GENTE 43

SEDUTOR PROFISSIONAL 47

REBELIÃO NO ZÔO 51

SEQÜESTRO DE SOGRA 55

SENTA QUE O LEÃO É MANSO 59

LIÇÕES DA NATUREZA 63

DRAMAS DO NOVO POBRE 67

A CUECA LILÁS 71

PARA A ALEGRIA DOS VELHINHOS 75

SINUCA DE BICO 79

A CLONAGEM NO BANCO DOS RÉUS 83

PARÁBOLA DA FELICIDADE 87

DINHEIRO E BANDEIROLAS 89

HÁ MALES QUE VÊM PRA BEM 93

URUBU A BORDO 97

OFERENDA AO DEUS DOS GATOS 101

O TRIGO NOSSO DE CADA DIA 103

CANARINHO VIRA-FOLHA 107

O CORAÇÃO É UMA BOLA DE COURO 111

O DESTINO E SUAS RAZÕES 115

TODO CUIDADO É POUCO 119

NO LIMITE DO PUXA-SAQUISMO 123

OCULTAÇÃO DE CADÁVER 127

NOS TEMPOS DO CORONEL AMÂNCIO 131

– VI –

Sumário

Maratona de candidato 135

Carpideira nas horas vagas 139

O verdadeiro sexo forte 141

Todo mundo é filho da mãe 145

A SABEDORIA

DO MEU COMPADRE

Existem pessoas que têm uma sabedoria nata, que se manifesta a todo momento. É o caso do meu compadre Juventino, sujeito pragmático que tem sempre uma opinião formada diante de tudo. Recentemente, ao comemorar 20 anos de casado, comprou uma assinatura da Multicanal, uma TV de tela plana daquelas grandes e um aparelho de DVD. Agora, ele passa boa parte do tempo assistindo documentários e se divertindo com as teses e opiniões científicas sobre os mais variados assuntos.

Como dizia o filósofo, quem não se projeta na vida projeta-se no muro, teoriza meu compadre. Isso talvez explique o impulso que leva certos indivíduos a se dedicarem à arte do grafite ou mesmo ao desprezível hábito da pichação. Pessoas que colocam sua marca em muros, paredes, monumentos e portas de banheiro obedecem a uma necessidade íntima de auto-afirmação.

TODO MUNDO É FILHO DA MÃE

Arqueólogo nas horas vagas, Juventino defende a tese de que até mesmo as pinturas rupestres não passavam de pichações baratas. Nada a ver com a seriedade que os pesquisadores modernos tentam lhe impingir séculos depois. Por esse raciocínio, não é difícil imaginar moradores das cavernas irritados com a ação de jovens rebeldes, que tentavam elevar a auto-estima desenhando nas pedras cenas de caça, pesca e rituais de acasalamento.

Partindo dessa teoria, meu compadre viaja na maionese e imagina arqueólogos alienígenas examinando as ruínas do Brasil após o cataclisma decorrente da guerra entre narcotraficantes e militantes do MST. Ao encontrar um muro rabiscado na Baixada Fluminense, no Rio de Janeiro, buscariam explicação em ritos esotéricos do mago Paulo Coelho. Assim, um palavrão escrito na parede de uma repartição pública soterrada pelo Morro da Mangueira seria traduzido como provável louvação às divindades do samba. Um velho vagão do metrô de São Paulo seria considerado o altar do templo no qual se praticavam sacrifícios para aplacar a ira da deusa Coca. Uma garrafa de refrigerante poderia ser confundida com a imagem dessa mesma deusa, enquanto uma foto de garotas de programa seria interpretada como a reprodução pictórica de sacerdotisas cachorras do deus Tigrão.

Meu compadre Juventino também defende a tese de que aquelas reconstituições de dinossauros e outros bichos pré-históricos mostradas nos tais documentários raramente condizem com a verdade. Quero ver reprojetarem a minha sogra a partir da dentadura, desafia. Por essas e outras, garante que a ciência é tão dogmática quanto a religião. E atesta essa verdade lembrando que livros sagrados anteriores à era cristã já diziam que a Terra é redonda.

Por outro lado, meu compadre Juventino também insiste na opinião de que a roda nasceu quadrada e foi o uso que a tornou redonda. Com

– 2 –

A SABEDORIA DO MEU COMPADRE

essa mesma dose de certeza, ele garante que o inventor do violino baseou-se no som produzido pelo pernilongo e que a rainha Cleópatra era moura, sem nenhuma semelhança com a personagem apolínea imortalizada por Liz Taylor. Mas sabedoria mesmo ele manifestou ao explicar as razões de ter comprado a nova TV, o DVD e a assinatura da Multicanal. Emocionada, sua mulher lembrou que depois que se casaram ele demorou quase um ano para comprar o primeiro televisor, ainda preto-e-branco. Até então ela era obrigada a assistir "televizinho", na casa de uma amiga. Juventino pigarreou e respondeu que recém-casados não precisam de TV. Longe dela, confessou-me: "Comprei tudo isso para ver se agüento mais 20 anos".

— 3 —

O BÊBADO
DA MINHA RUA

Toda rua que se preza tem um bêbado de estimação. O bêbado da minha rua não é diferente da maioria que perambula por aí. É gente boa e de origem humilde, mas o vício o arrastou para a sarjeta. Como muitos brasileiros que a sorte desconhece, o bêbado da minha rua sobrevive de pequenos biscates e gasta o pouco que consegue ganhar com cachaça e cigarro. Fora isso, não sei mais nada sobre ele. A não ser o fato de que, de vez em quando, ele me pede um trocado pra rebater a pinga de ontem ou se oferece para cumprir alguma tarefa descomplicada, como podar a grama do jardim, lavar o carro ou varrer o quintal.

Nas últimas semanas, o bêbado da minha rua resolveu radicalizar. Transtornado pelo efeito mágico e malévolo do álcool, outro dia bateu a campainha lá de casa, altas horas da noite, e pediu alguma coisa de comer. O relógio marcava meia-noite. Mesmo assim, dei-lhe um sanduíche que havia sobrado do lanche da noite. Ele sorriu e saiu

TODO MUNDO É FILHO DA MÃE

tropeçando rua abaixo, mastigando o pão com presunto. Eu dei um suspiro de contentamento e fui me deitar com um sorriso franciscano nos cantos da boca.

Alguns dias depois, por volta das duas da manhã, acordei sobressaltado com os cachorros latindo no portão. Permaneci na cama, com os olhos mirando o escuro e os ouvidos atentos a qualquer ruído suspeito. O plin-plão da campainha me fez saltar da cama. Minha mulher acordou, perguntando quem seria numa hora dessas. Abri a porta da sala sem acender a luz e fui até o jardim. Pelo olho mágico do portão vi a figura inconfundível do bêbado da minha rua.

Abri o portão e ele perguntou se por acaso eu não teria um sanduíche de presunto como aquele que eu lhe dera dias atrás. Pedi um tempo e assaltei a geladeira, improvisando um sanduíche de queijo, que levei ao incômodo visitante. Ele agradeceu e seguiu seu caminho tropeçando na própria sombra, mais bêbado que um gambá no alambique.

Dois dias depois, cheguei do trabalho tarde da noite e vi o bêbado da minha rua enchendo a cara no boteco da esquina. Pensei como é que ele arranja dinheiro pra beber sem se preocupar com o que comer. Entrei em casa na certeza de que não era nem um pouco responsável por ele ou pelo seu vício maldito. Feito urubu em dia de urucubaca, demorei a pegar no sono e acordei às duas e meia com a campainha tocando e os cachorros latindo. Minha mulher também acordou, dizendo: "Não acredito que é o bêbado de novo."

Saltei da cama e fui para o terreiro decidido a exorcizar o meu espírito de bom samaritano. Através do olho mágico, pude ver o bêbado da minha rua cambaleando feito joão-bobo em dia de festa na creche. Peguei a mangueira do jardim, abri o portão e lhe dei um inesquecível banho de água fria. Desde então, tenho dormido tranqüilamente todas as noites da minha vida.

– 6 –

LIÇÃO DOS HOMENS SIMPLES

Uma coisa que sempre me comoveu e intrigou é a alegria dos homens da coleta de lixo. Dia sim, dia não, o caminhão da limpeza pública desce a minha rua e eles fazem aquela algazarra. Quase sempre estão brincando, tirando sarro uns com os outros, sorridentes e solícitos com os moradores. Mesmo na pressa de apanhar os sacos de lixo, encontram tempo para gritar: "Bom dia, patrão!" ou para comentar a vitória do Galo, a derrota do Cruzeiro ou vice-versa.

Dia desses levantei de bom humor, o que nem sempre acontece nas manhãs quentes e chuvosas de verão. No momento em que saía de casa, vi surgir no alto da rua o grande caminhão amarelo. E eis que de sua traseira saltou um negão todo suado com um sorriso branco no meio da cara.

A vizinha do lado estava lavando o passeio, desperdiçando água como já é de costume, embora tivesse chovido na noite anterior. O

TODO MUNDO É FILHO DA MÃE

sujeito limpou o suor na manga da camisa e a cumprimentou. "Será que a senhora me deixa beber um pouco d'água?", foi logo perguntando sem rodeios.

"Essa água não é boa", ela disse. "Espera um pouco que eu busco água filtrada."

"Que é isso, madame? Precisa não. Água da mangueira já tá bom demais."

Ela estendeu o jato d'água e ele se deliciou. Depois de beber boas goladas, meteu a carapinha sob a água e se refrescou por completo. O sol no céu azul estava de arrebentar mamona, e o alto da rua oscilava sob o efeito do calor, que anunciava mais chuva no final da tarde.

O afro-brasileiro (olha o politicamente correto aí, gente!) agradeceu a "caridade" da minha vizinha e seguiu correndo atrás do caminhão amarelo, dentro do qual atirava os sacos de lixo apanhados no passeio. Na esquina de baixo o caminhão parou, pois o condomínio em frente sempre produz lixo além da conta.

Quando passei pelos rapazes da coleta, eles atiravam os sacos de lixo no triturador do caminhão. Parei na sombra de uma árvore para observar o trabalho deles enquanto esperava o ônibus. O motorista saiu da boléia com um cigarro na boca e perguntou se eu tinha fósforo. Emprestei-lhe o isqueiro e, enquanto ele acendia o "mata-rato", comentei:

"Sempre admirei a alegria com que vocês trabalham."

O motorista soprou a fumaça para o alto, devolveu-me o isqueiro e comentou:

"E por que a gente devia de ser triste?"

"Não sei... Ganhar a vida recolhendo lixo não deve ser sopa."

LIÇÃO DOS HOMENS SIMPLES

"Claro que não", ele retrucou. "Mas duro mesmo é a vida das pessoas lá do lixão. Ficam lá, esperando a gente despejar a carga, e depois reviram tudo à procura de comida. No fim de ano, então, é aquele desperdício. E o pessoal deita e rola. Precisava ver no último Natal... A gente pelo menos tem um trabalho honesto e a marmita quentinha na hora certa."

Em seguida, ele entrou na boléia e acelerou o caminhão. Os dois homens de amarelo terminaram a coleta e subiram na carroceria. O caminhão arrancou e os homens da limpeza se afastaram fazendo a algazarra de sempre. Fiquei ali feito um dois de paus, pensativo, enquanto esperava o "busum".

– 9 –

A ARTE DE ENTRAR EM AGÊNCIAS BANCÁRIAS

Na era da violência e da paranóia, entrar em agências bancárias tornou-se uma verdadeira aventura. Meu compadre Juventino que o diga. Ele vai ao banco pelo menos uma vez por mês para receber a minguada aposentadoria. Até pouco tempo, não enfrentava obstáculos, pois a agência onde recebe é pequena e não tinha detector de metais. Não tinha, pois agora tem, e foi aí que começou o drama.

Dia desses, Juventino chegou à agência com a tranqüilidade de sempre e deu de cara com a novidade. Mas não se intimidou. Entrou no alçapão e, para sua surpresa, o alarme apitou e a porta giratória travou-se instantaneamente. Juventino recuou e o guarda entrincheirado atrás do vidro blindado apontou-lhe uma bandeja, dizendo que ele deveria depositar ali seus objetos de metal.

— Mas eu não tenho objetos de metal — disse meu compadre.

— Não usa chaveiro?

TODO MUNDO É FILHO DA MÃE

– Sim, mas ele é de plástico.

– Mas as chaves são metálicas – disse o segurança já impaciente.

Na dúvida, e querendo encurtar conversa, Juventino pôs na bandeja o chaveiro com duas chaves de antimônio. Em seguida, adentrou a arapuca, o alarme apitou e ele ficou preso novamente. Juventino recuou mais uma vez e o guarda perguntou se ele não estaria portando um telefone celular.

– Eu não tenho celular – foi a resposta.

Lá de dentro da agência bancária, surgiu um segundo segurança.

– O senhor tem moedas no bolso? – perguntou.

Juventino revirou as algibeiras e encontrou duas moedas de dez centavos. Depositou-as na referida bandeja e, pela terceira vez, tentou entrar. De novo o alarme apitou e a porta travou feito armadilha. Enquanto isso, já se formava uma fila de pessoas ansiosas por entrar no banco.

– Vai ver que é a fivela do cinto – sugeriu uma velhinha de cara redonda.

Juventino tirou o cinto, pois o primeiro guarda não titubeou em concordar com a simpática velhinha. E lá foi ele novamente, seguran-do as calças com a mão. A boa vontade dos guardas de nada lhe valeu, pois o alarme disparou novamente.

– Pode ser que seu paletó tenha alguma coisa metálica nas ombreiras – disse uma balzaquiana com cara de costureira.

Meu compadre tirou o paletó de linho bem a tempo de ouvir um rapaz da fila dizer que os velhos deveriam receber a aposentadoria pelo correio. Enrolou o paletó e depositou-o na bandeja, voltando à porta de segurança. Para seu desespero, com o rosto vermelho de vergonha, ouviu o alarme e o clique da porta pela enésima vez. A fila

A ARTE DE ENTRAR EM AGÊNCIAS BANCÁRIAS

já reunia uma dúzia de pessoas, entre aposentados, executivos e *office boys* cheios de contas para pagar.

– O senhor usa alguma prótese ou marca-passo? – perguntou um homem negro no final da fila. Estava todo de branco, o que dava a pensar que talvez fosse médico, dentista ou pai-de-santo. Juventino tirou o *roach* e depositou-o na bandeja, agora sob o olhar impaciente de três seguranças. Finalmente, conseguiu entrar na agência, para alívio seu e dos espectadores. Recuperou os pertences e permaneceu na fila do caixa durante quase meia hora. Quando chegou sua vez de ser atendido, ouviu um grito de mulher. Olhou em volta, viu cinco homens armados e os seguranças deitados no chão.

Tudo se passou muito rápido, sem alarmes, tiros ou reféns. A sorte do meu compadre foi não ter recebido a aposentadoria. Afinal, o banco tem seguro contra roubo, mas ele não.

– *13* –

GENTILEZA NO TRÂNSITO

Outro dia peguei um táxi e, lá pelas tantas, o motorista contou-me uma história que teria lhe acontecido há algum tempo, no centro da cidade. Uma dessas histórias que dá o que pensar, principalmente nesses tempos tão ásperos, em que o indivíduo se sente cada vez mais acuado e a solidariedade mais parece peça de museu.

Tudo começou quando uma velhinha de cabelos de algodão entrou no seu táxi e pediu que ele a levasse a certo número da rua São Paulo. Era uma passageira simpática e falante, já um pouco debilitada pelo adiantado do tempo. Chegando ao referido endereço, ela perguntou se ele poderia fazer a gentileza de parar do lado esquerdo da rua, pois assim ela seria poupada de atravessar num lugar tão perigoso, onde automóveis e pivetes punham em risco a segurança dos transeuntes.

Zé Luiz – este é o nome do motorista – notou que o trânsito até que estava tranqüilo para aquela hora do dia e resolveu atender à

TODO MUNDO É FILHO DA MÃE

solicitação da velhinha. Ele não só parou o carro no local solicitado, como também deixou o volante, abriu a porta e conduziu a senhora até a portaria do edifício. Ela pagou a corrida e agradeceu pelo cavalheirismo, dizendo que isso é raro nos dias de hoje. O bom Zé Luiz retornou ao carro com aquela sensação de escoteiro que acabou de realizar a boa ação do dia. Chegando lá, deu de cara com um fiscal de trânsito, um rapaz que pela idade aparentada podia até ser seu filho. O gajo estava de caderneta em punho e foi logo perguntando se o táxi era dele. Nem precisava, já que ele foi chegando e metendo a chave na porta.

"Quero ver os documentos", disse o fiscal num tom de quem não está nem aí para conversa. Zé Luiz não se fez de rogado. Disse pois não e foi logo mostrando a carteira. O rapaz conferiu e balançou a cabeça, dizendo que era difícil acreditar que um taxista com 20 anos de profissão ainda não soubesse os regulamentos do trânsito. Mas ele disse aquilo como se falasse consigo mesmo e não com o motorista a seu lado. Este perguntou se era com ele o comentário. O fiscal perguntou com quem mais haveria de ser, e ele, só de sacanagem, disse que talvez o distinto tivesse a mania de falar sozinho. Como quem não perde tempo para entornar o caldo, o rapaz ficou com as faces vermelhas e foi logo dizendo que poderia aplicar-lhe uma boa multa por estacionar em local proibido.

Com a mesma paciência do início da conversa, Zé Luiz revelou-me que não é demagogo e que foi logo dizendo para o tal sujeito que ele, sim, é que deveria decorar os regulamentos do trânsito, pois a placa no poste logo à frente era de estacionamento proibido e não de parada proibida. Nisso, a conversa já ia sendo observada por um pequeno grupo de curiosos. Aliás, curioso é o que não falta por aí, ele fez questão de observar. O fiscal perdeu a paciência, devolveu-lhe os

– 16 –

GENTILEZA NO TRÂNSITO

documentos e disse que iria mesmo aplicar-lhe uma multa para que jamais o esquecesse.

"Tudo bem", disse o bom Zé Luiz. "Você tem poderes. Para isso é que servem a caneta e esse bloquinho na sua mão. Mas vou dizer uma coisa para que você se lembre sempre de mim. Se aquela velhinha fosse a sua mãe, você com certeza estaria me agradecendo pelo que fiz."

Teve curioso que até aplaudiu a sua fala. Depois disso, Zé Luiz entrou no táxi, girou a chave e deu a partida. E, no final da nossa conversa, garantiu-me que até hoje a tal multa não lhe foi cobrada.

– 17 –

À ESPERA DO ÔNIBUS NOTURNO

Uma onda de violência assola o País de Norte a Sul. E não me digam que estou exagerando, pois no Brasil mata-se mais que nos conflitos do Oriente Médio. Estão assaltando até delegacia, isso quando policiais e presidiários não estão envolvidos na prática do crime. E no terror ao qual estamos submetidos, algumas pessoas são levadas a protagonizar histórias no mínimo inusitadas, que viram folclore no imaginário da população das grandes cidades. É o caso daquela moça que esperava ônibus na Afonso Pena, perto da Praça Sete, em Belo Horizonte, altas horas da noite, e que ficou assustada ao ver um elemento suspeito atravessar a avenida vindo em sua direção.

O sujeito estava descalço e maltrapilho, com o paletó rasgado e o cabelo despenteado. Ela sentiu o coração acelerar e percebeu os efeitos da adrenalina no sangue. Engoliu seco e olhou em volta a tempo de ver um homem boa-pinta e bem-vestido, que estava de pé sob a marquise logo adiante, provavelmente também à espera do "busum".

TODO MUNDO É FILHO DA MÃE

A moça não teve dúvida. Quanto mais o sujeito maltrapilho se aproximava, mais ela ia se chegando para o lado do outro. Cinderela assustada na esperança de ser protegida por um príncipe encantado. Ao se aproximar, foi logo agarrando o braço do boa-pinta, dizendo-se apavorada e pedindo que ele fingisse ser seu namorado. O galã de subúrbio nem vacilou. Havia bebido umas boas doses e não conseguira arrastar ninguém do pagode de onde vinha. Abraçou a moça e foi logo beijando-lhe a boca, o que naturalmente fez com que ela se retraísse. O bafo de uísque barato embrulhou seu estômago.

"Que é isso, neném? Vem quente que eu tô fervendo", disse o oportunista com a indefesa donzela nos braços e as mãos apalpando a maciez do seu corpo.

A moça ficou desesperada e começou a se debater, gritando por socorro. O tal sujeito maltrapilho alcançou o passeio e agarrou o agressor, puxando-o pelo colarinho branco e aplicando-lhe um sopapo de direita bem no meio da fuça. O boa-pinta girou nos calcanhares, caiu no passeio com o nariz sangrando e, antes que o outro continuasse o que havia começado, ficou de pé e saiu cambaleando em direção à praça.

"Você está bem?", disse o maltrapilho, amparando a moça que o observava de olhos arregalados.

"Estou...", ela balbuciou sem entender direito o que se passava.

"A violência tá fugindo ao controle", disse ele. "Imagine que eu acabo de ser assaltado por dois pivetões, ali perto da Igreja São José..."

Conversa vai, conversa vem, o ônibus noturno apontou na esquina e os dois fizeram sinal. Moravam no mesmo bairro e nem se conheciam. Tornaram-se amigos e depois namorados. E a última notícia que eu tive deles é que já estão de casamento marcado.

ESPÍRITO DE PORCO DO NATAL

Na véspera do Natal passado, minha amiga Dirlene atendeu a porta ali por volta das três da tarde, sendo surpreendida por uma menina dos seus sete anos. Maltrapilha e de olhos fundos, o anjo de cara suja perguntou se ela poderia lhe dar alguma coisa ou algum dinheiro. É que sua família era muito pobre, e com certeza Papai Noel não lhe daria nenhum presente naquela noite. A boa Dirlene sentiu vibrar no peito o espírito de Natal e lembrou-se de que havia comprado uma boneca para dar à netinha. Esta, por sua vez, havia telefonado mais cedo para dizer que o pai lhe antecipara o presente, que era justamente uma boneca igualzinha àquela que ela havia lhe pedido.

Dirlene não teve dúvidas. Pediu um tempinho à pequena visitante e foi buscar o presente. O anjo de cara suja mal acreditou quando viu a caixa embrulhada em papel prateado, com um laço de fita vermelha. "É pra mim?", exclamou com os olhinhos quase saltando das órbitas. "Foi Papai Noel que mandou", disse a dona da casa. A

TODO MUNDO É FILHO DA MÃE

menina desfez o embrulho e suspirou: "Mas é nova..." Provavelmente era a primeira vez que alguém lhe dava um brinquedo que não era de segunda mão. Ela agradeceu com um sorriso mudo e desceu a rua como se caminhasse nas nuvens. Mais leve ainda sentiu-se minha amiga, na certeza de ter praticado uma boa ação. Na manhã seguinte, ainda estava na cama quando a campainha tocou. "Quem será?", perguntou ainda sonolenta, e grande foi sua surpresa ao atender a porta. Lá estavam três anjos de cara suja. A menina voltara com a boneca nos braços e na companhia de dois irmãos menores. "Eles também querem ganhar um presente", explicou num tom inocente. Dirlene disse que não tinha mais presentes, mas serviu-lhes algumas guloseimas que sobraram da ceia natalina. E assim pôde sorrir novamente ao ver os três descendo a rua leves feito plumas.

Na tarde do mesmo dia, alguém tocou a campainha. Era uma mulher grávida e mal vestida, segurando pela mão um dos meninos. Dirlene ficou surpresa quando a visitante pediu-lhe dinheiro para aviar uma receita médica para o marido que, segundo ela, estava sofrendo de dengue. Ainda embuída do espírito de Natal, Dirlene pegou cinco reais na gaveta do armário da cozinha. "É tudo o que eu tenho no momento", explicou. A mulher pegou a nota num gesto desanimado e, na companhia do filho, desceu a rua sem nem mesmo agradecer.

Três dias depois, Dirlene atendeu a porta novamente. Dessa vez era um homem magro e de barba rala, cheirando a bebida. Explicou que era pai da menina que ganhara a boneca e que sua mulher estava doente, com riscos de perder o filho. Para complicar a situação, o aluguel do barraco estava atrasado. Perguntou se ela não teria algum dinheiro que pudesse lhe arranjar "por caridade". Minha amiga saiu do sério. Disse que já havia dado dinheiro à tal mulher e que sua casa não

– 22 –

ESPÍRITO DE PORCO DO NATAL

era instituição filantrópica, "Tá pensando o quê?" O homem fez cara feia, resmungou alguns impropérios e desceu a rua pisando duro. Ela então bateu a porta e quase sorriu de alívio, pois finalmente havia se livrado do terrível espírito de Natal.

UM DIA DE CÃO

Tenho um amigo hipocondríaco, chamado Marcelo Castilho, que tem verdadeiro pavor só de pensar em ficar gripado. Nesses tempos de epidemias medievais, não é difícil imaginar o seu pânico, principalmente quando tem algum mosquito zumbindo por perto. Para complicar seu estado psicológico, dia desses ele andou lendo uma reportagem sobre leishmaniose visceral, essa doença cujo protozoário se hospeda no cachorro sem pagar a diária. Marcelo, que já não gostava muito da espécie canina, passou a evitar até mesmo cachorrinhos de pelúcia.

Acontece que existem aqueles que, quanto mais rezam, mais atraem assombração. Na semana passada, ele vinha caminhando descontraidamente por uma rua da Savassi, zona Sul de Belo Horizonte, quando sentiu uma substância escorregadia sob a sola do sapato. Havia pisado num montinho de cocô e começou a esbravejar contra todos os cães do mundo. Aliás, ele já dizia que um animal

TODO MUNDO É FILHO DA MÃE

considerado o melhor amigo do homem não podia mesmo ser grande coisa, principalmente levando-se em conta que a espécie humana raramente é amiga dos animais. O homem nada mais faz do que explorá-los ao máximo possível.

Marcelo só conseguiu se livrar da titica depois de esfregar várias vezes a sola do sapato no meio-fio e num matinho que crescia numa falha do asfalto. Sapato limpo, mas ainda ruminando impropérios contra os cães e seus respectivos donos, ele seguiu seu caminho contando os montinhos de cocô que ia encontrando pela frente. Havia titica de todos os tipos: mole, dura, marrom, amarela, pisada, redonda, curta, comprida... Dava até para montar um museu de fezes nos moldes daquele que existe em Amsterdã. "A prefeitura devia tomar providências", resmungou, ao constatar uma dúzia de cacas em apenas três quarteirões da elegante Savassi.

Lembrou que certa vez ligara para a Secretaria de Saúde pedindo providências quanto aos cachorros vadios que transitavam pelas ruas do seu bairro, na região Noroeste da cidade. Fora informado que o serviço de zoonoses do município dispunha apenas de uma viatura, e que esta estava na oficina mecânica para reparos no motor.

Distraído em suas divagações sobre a displicência dos políticos, principalmente no que diz respeito à saúde pública, Marcelo não percebeu que uma velhinha acabara de atravessar a rua, puxando numa corrente um minúsculo pincher de pêlo marrom. Como diz o ditado, quando o urubu é azarado, o debaixo suja no de cima. Pois com tanta gente trançando pelo passeio, provavelmente atraído pelo cheiro de cocô pisado, o pequeno monstrinho livrou-se da coleira e cismou de morder justamente o sapato do meu amigo. Este foi pego de surpresa e recordou seus tempos de artilheiro do futebol de várzea. Num gesto instintivo, Marcelo virou martelo e deu um pontapé no

– 26 –

Um dia de cão

pequeno animal, que soltou um ganido e voou sobre o asfalto feito um pombo sem asas, indo aterrissar num jardim do outro lado da rua.

A dona do cachorro ficou histérica. Começou a gritar e atravessou a rua aos prantos, sendo quase atropelada por um carro, cujo motorista brecou bem a tempo de evitar o pior. As pessoas que passavam pelo quarteirão naquele exato momento ficaram atônitas, sem acreditar no que estava acontecendo. Marcelo não perdeu tempo. Antes que a multidão o linchasse, dobrou a esquina e saiu correndo quarteirão abaixo, degustando o amargo sabor da vingança.

SOMOS TODOS PERDEDORES

Tudo começou por volta das seis e meia da tarde, quando meu compadre Juventino retornou ao local onde estacionara seu velho Santana, no alto da Afonso Pena, em Belo Horizonte. O lugar estava cercado. Havia três radiopatrulhas e uma dúzia de homens fardados, além de uma pequena multidão de curiosos. O suspeito estava no banco de trás de uma das viaturas e, pelo estado do seu rosto, havia levado uns bons tabefes. O mais jovem dos policiais estava com o rosto machucado e a camisa do uniforme rasgada na altura do bolso direito.

Juventino ficou assustado, mas, mesmo assim, perguntou o que estava acontecendo. Só então viu os cacos de vidro espalhados no chão e percebeu que haviam quebrado a janela dianteira direita do seu carro. Um tenente foi logo perguntando se ele era o dono do automóvel e, tão logo ele confirmou, já apresentando os documentos, foi informado de que o jovem soldado dera voz de prisão ao

TODO MUNDO É FILHO DA MÃE

suspeito. Este fora flagrado com meio corpo dentro do carro, tentando arrancar o rádio do painel, enquanto o alarme esgoelava a todo tímpano. O meliante reagiu à voz de prisão e o soldado o detivera, sendo agredido e revidando o ataque com a agilidade de um Jean-Claude Van Dame.

Resultado: meu compadre foi conduzido à delegacia mais próxima para registrar queixa, enquanto o soldado e o suposto ladrão foram fazer exames de corpo de delito no Instituto de Medicina Legal. Na delegacia, os militares levaram meia hora para preencher a ocorrência e, ao apresentarem a documentação aos policiais civis, foram informados de que os papéis haviam sido preenchidos de maneira incorreta. Assim, passou-se mais meia hora até que a nova versão da ocorrência fosse finalizada. Novamente os civis recusaram os papéis, e isso gerou uma nova discussão. A animosidade entre os dois grupos de policiais levou Juventino a temer um tiroteio em plena chefatura. Depois que os ânimos se esfriaram, ele tomou um chá de cadeira, esperando pacientemente até que os policiais entrassem num acordo. Esperou por mais de uma hora até que o suspeito e o soldado que o detivera chegassem à delegacia, finalmente liberados pelo IML.

Juventino estava com fome e comprou um cachorro-quente numa carrocinha estacionada há alguns metros da delegacia. Saboreava o sanduíche quando percebeu que o meliante o observava com olhos de cachorro faminto. "Quer um pedaço", perguntou, ao que o outro balançou a cabeça positivamente. Meu compadre se aproximou e deu metade do sanduba ao suposto arrombador. Aproveitou para perguntar por que um cara tão jovem se arriscava daquele jeito. O suspeito despejou uma cantilena típica dos pés-de-chinelo. Não conseguia emprego, tinha que cuidar da mãe doente e ainda se viciara

— *30* —

SOMOS TODOS PERDEDORES

em crack, a cocaína dos pobres. Por isso estava sempre praticando pequenos furtos e sendo detido pela polícia.

Conversa vai, conversa vem, Juventino descobriu que a mãe do suspeito havia sido lavadeira em sua casa. Lembrou-se do menino moreninho que às vezes ia para ele à padaria da esquina, em troca de um pirulito ou picolé. Mundo pequeno, meu compadre concluiu. E diante de um novo bate-boca entre os policiais, despediu-se do suspeito e saiu silenciosamente da delegacia. Já passava da meia-noite. Juventino entrou no Santana e deu a partida, sem registrar queixa. Somos todos perdedores, concluiu, ao dobrar a esquina mais próxima.

COISAS QUE ACONTECEM

A liberação da mulher já causou muitos nós na cabeça dos trogloditas de plantão. Mesmo em tempos de modernização, quando as poderosas já representam mais de 40 por cento da mão-de-obra ativa no mercado de trabalho, boa parte dos homens continua parada no tempo, pensando que só o "sexo forte" é que tem imaginação para fazer certas coisas. Isso muitas vezes gera acontecimentos inusitados, como aquele que me foi narrado por um taxista dia desses. Um episódio divertido, que por pouco não acabou em tragédia.

Um rapaz que costumava utilizar o seu táxi estava de casamento marcado e combinou um programa com uma jovem profissional do sexo. Queria ter uma despedida de solteiro em grande estilo, cultivando um bom assunto para narrar aos amigos mais chegados. Descobriu a moça nos classificados de jornal e ficou entusiasmado só de ouvir sua voz rouca ao telefone. Ela se dizia loira e alta, de olhos azuis, e prometia todos os prazeres por um preço em conta.

TODO MUNDO É FILHO DA MÃE

O novo cliente havia vendido o carro para comprar os móveis de quarto, e por isso voltara a andar de táxi. Combinou a corrida até a borracharia (que no jargão dos taxistas significa motel) para uma noite de sexta-feira. Dissera à noiva que teria que viajar a trabalho até São Paulo e que estaria de volta na tarde de sábado. Já passava das nove quando o táxi o apanhou em casa. Dali, seguiu até o local combinado com a loira fatal. Minutos depois, ambos já trocavam carícias no banco de trás do veículo.

Ao sair da estrada para o acostamento, o farol do táxi iluminou um Opala que vinha saindo do mesmo motel. O noivo não acreditou no que viu. Sentada ao lado do motorista – um rapaz moreno e de ombros largos – lá estava sua adorada noivinha. "Pare o carro", gritou o rapaz, ao que o taxista meteu o pé no freio sem compreender o que se passava. Não demorou muito e o bafafá estava armado. O rapaz saltou do táxi, correu até o Opala, abriu a porta e agarrou a noiva pelo braço. O homem que estava com ela largou o volante, mas desistiu de fazer alguma coisa quando percebeu que o rapaz era seu conhecido. A confusão interrompeu o entra-e-sai de carros no motel e os motoristas começaram a buzinar. Noivo e noiva perderam a compostura e passaram a trocar impropérios. Temendo o escândalo, a garota de programa aproximou-se, na tentativa de acalmar o cliente.

A noiva, enfurecida, perguntou "Quem é essa piranha?", e acabou levando um empurrão, acompanhado de um "sai pra lá, mocréia". Revidou sem titubear, puxando os cabelos da outra, e acabou descobrindo que as madeixas da loiraça eram na verdade uma peruca, que ela arremessou sobre o capô do Opala. Para surpresa geral, a gata era um tigrão em pele de ovelha. Um tremendo travesti, que, olhando bem, lembrava a Marilyn Monroe nos seus tempos de glória. "Você está me traindo com um homem?", disse a noiva em tom de desforra.

– 34 –

COISAS QUE ACONTECEM

Duas vezes enganado, o rapaz ficou sem argumentos. Voltou para o táxi e pediu ao motorista que o levasse para casa. No caminho, já recuperado da dupla surpresa, perguntou se ele não conhecia alguém interessado em comprar uma mobília de quarto, toda feita em sucupira. O taxista sugeriu que seria melhor ele esfriar a cabeça, pois "essas coisas acontecem". O rapaz disse que jamais voltaria atrás. O noivado estava desfeito e ponto final. O motorista não resistiu à pechincha e acabou comprando a cama de casal, o guarda-roupa e a cômoda. Tudo veio a calhar, confessou-me, pois era casado e havia alugado um barraco para a amante.

– 35 –

QUANDO A CAÇA SALVA O CAÇADOR

Praça Sete, duas e meia. Um sol de estourar mamona ilumina Belo Horizonte. O pivetão de um metro e setenta espreita na sombra da marquise. Os olhos de lince estudam a multidão, felino à procura da caça. E eis que surge entre os transeuntes uma velhinha de cabelos de algodão e óculos de tartaruga, bolsa a tiracolo e sombrinha na mão. Ela anda alguns passos no passeio e entra numa agência bancária.

O pivetão fica de olho. Provavelmente se trata de uma aposentada em dia de pagamento. Ele tira da algibeira a cola de sapateiro e dá uma longa cafungada. Chega a ver estrelas e se enche de coragem. Precisa de grana para ajudar a mãe, uma velha lavadeira que está sempre reclamando do reumatismo. Vivem num barraco no alto da Pedreira desde o sumiço do pai alcoólatra. Moram ele, a mãe e duas irmãs, também "de menor": uma delas garçonete na Lagoinha e a outra mãe solteira desempregada, que faz vida na Lagoinha.

TODO MUNDO É FILHO DA MÃE

A velhinha de cabelos de algodão não tarda a sair da agência bancária. Demorou pouco na fila. Terceira idade tem prioridade nos caixas. Ela tem as faces lívidas e traz a bolsa apertada junto ao corpo. "Tá recheada da mufunfa", pensa o meliante enquanto dá outra cafungada na cola de sapateiro.

Os olhos de lince giram nas órbitas para ver se a barra tá limpa. Nenhum "cana" à vista. O pivetão conta de um a três e com certeza teria dificuldades para chegar ao dez. Ele deixa o conforto da sombra e se mete no calor da multidão. Caçador atrás da caça, na medida em que se aproxima da presa ele acelera o passo. O sinal da Afonso Pena abre para os pedestres e a vovó começa a atravessar a avenida. O asfalto é o lugar ideal para o golpe.

O pivetão agarra a bolsa, mas, para sua surpresa, a velhinha segura firme. Ele dá um arranco e ela reage, sentando-lhe sombrinhadas na cabeça. Um homem gordo feito lutador de sumô vê a cena e se revolta. Dá logo um soco no pé da orelha do suspeito, que desaba com o ouvido zumbindo. A multidão percebe o que se passa. "Lincha o pivete", ecoa uma voz anônima. A confusão está armada, e a velhinha de cabelos de algodão não sabe se sente raiva do meliante ou medo da turba enfurecida.

O jovem caído no asfalto entra em pânico e se prepara para receber socos e pontapés. Mas a boa velhinha ergue a sombrinha e o defende com a mesma coragem com que reagira à tentativa de assalto. No meio do empurra-empurra e do bate não bate, o pivetão, com o olhar de gato acuado, se levanta subitamente e foge desesperado, com o povo correndo atrás aos gritos de "pega ladrão".

– 38 –

JUVENTINO NA MALHAÇÃO

Meu compadre Juventino resistiu o quanto pôde, mas depois que o cardiologista entrou na história, não teve mais argumentos contra os inimigos do sedentarismo. Quando a terceira idade começou a demonstrar que veio mesmo para ficar, ele não viu outro remédio senão se matricular numa academia de ginástica. Desde então, como admirador confesso da geração saúde, passou a malhar duas vezes por semana em vários tipos de aparelhos. Quando acorda disposto, também faz uma boa caminhada para rebater o sono, além de bater, diariamente, uma boa tigela de açaí.

Mas o que realmente pesou na balança para que ele aderisse de corpo e alma à prática de exercícios físicos foi a presença de lindas jovens na academia que tem freqüentado. Loiras e morenas, muitas com idade para ser suas netas, são companhias interessantes que estimulam sua libido e despertam certo senso de perversão que há alguns anos estava adormecido no seu ser. Juventino convenceu-se

TODO MUNDO É FILHO DA MÃE

de uma vez por todas que a presença de lindas mulheres fazem bem à sua virilidade. Mesmo depois dos 60, descobriu que seu espírito tem só 30 anos, e que, enquanto há vida, há esperança. O resultado de tanto estímulo é que até a minha comadre voltou a sorrir. Dia desses confessou à minha mulher que fazia muito tempo que Juventino não a procurava com tanta freqüência.

Na semana passada, meu bom compadre encantou-se com uma linda garota de seios grandes e firmes feito melões maduros. A moça tinha olhos verdes e cabelos ruivos, mas o que mais chamou a atenção do veterano don Juan foram as curvas do corpo de um metro e oitenta de altura. Enquanto ela utilizava a esteira, ele pedalava na bicicleta ergométrica sem tirar os olhos do bumbum de feiticeira à sua frente. Fosse uma bicicleta de verdade, Juventino na certa teria atropelado alguém ou entrado, literalmente, na traseira de um ônibus, tamanha a sua concentração naquela escultura de carne, obra-prima da mãe natureza.

Lá pelas tantas, o monumento esportivo trocou a esteira pelo supino, e Juventino nem acreditou no que estava vendo. Ele mal conseguia erguer pesos de 20 quilos, enquanto a boneca colocou nada menos que 33 quilos em cada braço. Os bíceps da gata ficaram rígidos, estufando a malha cor-de-rosa, o que fez meu compadre se lembrar dos braços de Christopher Reeve no filme *Super Homem*.

Peso sobe, peso desce, Juventino começou a desconfiar que alguma coisa não fazia sentido no que ele estava vendo. Quando a moça terminou a sessão de ginástica, ele não se conteve e procurou fazer contato. Na porta dos vestiários, aproximou-se dela e foi logo perguntando há quanto tempo a gata freqüentava a academia. "Há dois anos", respondeu a moça, timidamente. Então esse é o motivo de tanta força e disposição, ele deduziu, para depois se apresentar.

– 40 –

Juventino na Malhação

"Muito prazer", disse a moça estendendo a mão. "Eu me chamo Antônio Carlos, mas pode me chamar de Cacá".

A gata era um tigrão em pele de coelha, e Juventino quase gemeu com o violento aperto de mão. Desde aquele dia, retrocedeu para a vida sedentária e anda dizendo que malhação é coisa de boiola.

O GORILA É BOA GENTE

Idi Amin – quem diria!? – é rico e não sabe. Afinal, morar num imóvel cuja reforma foi avaliada em R$ 200 mil não é pra qualquer um. Tudo bem que se deva tratar com respeito os animais, principalmente aqueles que estão enjaulados. Mas todo esse dinheiro dava para construir cerca de 20 casas populares para os eleitores menos favorecidos, aqueles dos quais os políticos só lembram em tempos de eleição.

Por isso volto a dizer: Idi Amin é rico e não sabe. E tem até aquele ar *blazé* de pessoas endinheiradas que foram afetadas pelo tédio existencial provocado pela ociosidade. Aliás, segundo os estudiosos do assunto, a diferença genética entre um gorila e um ser humano é de aproximadamente dois por cento. Isso faz do Idi um quase semelhante nosso. Talvez um primo distante, que está numa prisão de luxo sem ter cometido nenhum crime. Se o Lalau fica sabendo, pode apelar para a Lei de Proteção aos Animais. Sobral Pinto fez isso

TODO MUNDO É FILHO DA MÃE

durante o Estado Novo, ao defender comunistas ilustres como Luiz Carlos Prestes e Graciliano Ramos.

Apesar da solidão em que vive, o simpático morador do zoo de Belo Horizonte está em situação melhor que a maioria dos seus primos distantes. Seria pior se tivesse nascido numa favela, se fosse um morador das ruas ou um sem-terra desses que lutam eternamente pela reforma agrária num país continental. Justiça seja feita, estão dando a Idi o que é de Idi. Afinal, a primeira maldade que fizeram com ele foi batizá-lo com o nome de um dos mais terríveis ditadores da África. Vai ver é por isso que o bicho vive sempre emburrado, com aquela cara de poucos amigos, embora tenha um coração de criança em véspera de Natal.

Felizmente, as coisas estão melhorando. O primeiro sinal disso é a mansão de R$ 200 mil, sem taxa de condomínio ou IPTU. Oxalá venham por aí outras regalias. Em vez de um velho pneu para brincar, talvez o bom Idi ganhe de presente quatro Michelins novinhos em folha, acoplados a uma limousine com motorista que possa levá-lo de vez em quando para jantar no restaurante Dona Lucinha, em companhia da "feiticeira" Joana Prado, com direito a um aperitivo do Serro e um legítimo havana para depois da refeição. Assim, o simpático morador da Pampulha poderá sair na coluna social do prestigiado jornalista Mário Fontana, ou ganhar uma cota no Minas Tênis Clube ofertada pelo Pacífico Mascarenhas, que além de compositor inspirado e colecionador de carros antigos também adora os animais.

Mas a boa nova mesmo é que já tem gravadora estrangeira de olho no talento musical do nosso personagem. Afinal, chegou a vez dos bichos fazerem sucesso: Sapão, Tigrão, Jacaré, enfim a canção nacional está virando uma fauna. O Tigrão, por sinal, conseguiu emplacar um *hit* politicamente incorreto, convocando o pessoal a

– 44 –

O GORILA É BOA GENTE

passar cerol na mão (socorro, mamãe!). Por que o Idi Amin não poderia gravar *Banana Boat Song* em ritmo de rap? Ou talvez se juntar ao Chiclete com Banana numa paródia do famoso samba de Caymmi: *O que é que a banana tem?*, com letra assinada pelo Macaco Simão. Se o sucesso subir à cabeça do nosso astro, ele pode até se candidatar nas próximas eleições. Não seria má idéia! Sua assessoria na certa lhe recomendaria o Partido Verde, com o *slogan* "yes, nós temos bananas". A exemplo do João Leite, sua candidatura teria apoio da meninada, adotando o lema "Idi Amin as criancinhas". Quem sabe não esteja aí a solução para nossos problemas sociais? Uma vez eleito, Idi poderia criar um zoológico de gente, restituindo à espécie humana um lugar mais digno onde viver.

Em tempo: Recém-chegado de Búzios, o compositor Valter Braga avisa que viu por lá um corretor de imóveis interessado em comprar uma casa de praia para um misterioso morador do bairro Pampulha. Seria o nosso Idi?

– 45 –

SEDUTOR PROFISSIONAL

Algumas pessoas acreditam que todo nome tem um significado oculto. Juan certamente comprova essa tese. Herdou o nome do avô materno, de origem espanhola, mas o temperamento veio do personagem conquistador. Há uma década casado com Marisa, Juan nunca deixou de lado as aventuras amorosas.

E eis que o nosso personagem saiu para uma noitada com uma colega da loja de departamentos onde trabalhava como gerente de marketing. Depois do motel, por volta da meia-noite, foi levar a bela ruiva em casa. Parou num sinal vermelho e, ao olhar para o lado, mal pôde acreditar no que viu. No carro parado ao lado do seu, estava a cunhada com o marido ao volante. E o pior é que ela o viu primeiro e, com certeza, notou a presença da ruiva que soprava a fumaça do cigarro através da janela ligeiramente aberta.

Juan teve uma reação inesperada. Afundou o pé no acelerador e arrancou cantando pneus. A ruiva levou um susto. "Você avançou

TODO MUNDO É FILHO DA MÃE

o sinal vermelho", ela disse. "Essa região tá infestada de ladrões", ele despistou. Depois de deixá-la em casa, tomou o caminho de volta, matutando sobre o estrago que a cunhada tentaria fazer. A irmã de Marisa jamais lhe fora simpática. Parecia farejar sua verdadeira natureza, ou talvez se sentisse diminuída pelo fato de não ser o seu tipo. A situação exigia calma e criatividade, feito uma campanha de marketing. E foi aí que ele teve uma daquelas idéias brilhantes que sempre salvavam seu casamento.

Pegou um retorno logo à frente e rumou a toda velocidade para a loja onde trabalhava. Lá chegando, bateu no vidro para atrair a atenção do vigia de plantão. Não demorou muito, o homem gordo de uniforme de segurança acendeu uma luz no interior da loja e colocou a cara bovina no vidro. "Sou eu. O gerente de marketing", disse o nosso herói, sendo logo reconhecido. "Doutor Juan", disse o homem gordo ao abrir a porta. "Desculpe pelo adiantado da hora, mas eu esqueci um trabalho", justificou-se Juan. "Preciso levar um manequim pra casa. Tenho uma reunião amanhã cedo com o fabricante, que fica justamente no meu bairro. Vou direto pra lá, às oito horas."

O vigia não criou nenhuma dificuldade. Pelo contrário. Com inocência serviçal, ajudou Juan a colocar o manequim ruivo no banco ao lado do motorista. Fez questão de ajustar o cinto de segurança na boneca que mais parecia uma Barbie gigante. Juan arrancou a toda velocidade. Era importante que Marisa estivesse acordada e, por isso, ao chegar em casa, acionou o interfone. Marisa atendeu com voz sonolenta.

"Sou eu, meu bem. Desculpe acordá-la, mas esqueci as chaves na loja..." Marisa abriu o portão da garagem e ele estacionou. Não demorou muito, entrou em casa arrastando o manequim. A mulher, de camisola, levou um susto ao ver o marido abraçado com outra. "Mas

– 48 –

SEDUTOR PROFISSIONAL

o que é isso?", perguntou, arregalando os olhos. "É só um manequim. Tenho uma reunião amanhã cedo com o fabricante, que fica no caminho da loja. Na reunião desta noite, a diretoria solicitou modificações no modelo."

Marisa mordeu a isca. Durante o café da manhã, quando a irmã ligou tentando fazer intriga, defendeu o marido prontamente. "Era só um manequim", explicou, depois de uma gargalhada. "Manequim uma ova", argumentou a irmã fofoqueira. "Era sim", Marisa resistiu. "Passou a noite no sofá da sala." A irmã insistiu que o cunhado era um cara-de-pau, um cafajeste da pior espécie, um Don Juan incorrigível. "A tal mulher era ruiva, tá me ouvindo? Ruiva!"

"O manequim também é", disse Marisa.

Juan se divertia com a situação, mas tremeu nas bases quando a cunhada falou que a tal ruiva estava fumando. "Fumando?", disse Marisa. "Aí é demais, minha irmã. Você tá vendo chifre em cabeça de cavalo." A irmã pegou pesado: "Tô vendo chifre é na sua cabeça, essa é que é a verdade." Marisa sentiu-se ofendida e desligou o telefone. Sentou-se novamente à mesa. "No fundo, ela tem é inveja da nossa felicidade", suspirou, segurando a mão do marido. Juan beijou-a na fronte e sorriu aliviado.

— 49 —

REBELIÃO NO ZÔO

Atenção, atenção! O Jardim Zoológico de Belo Horizonte amanheceu em polvorosa. Revoltada com as mordomias recentemente concedidas ao gorila Idi Amin, a bicharada se rebelou, liderada pelo PCZ – Primeiro Comando do Zôo. Como sempre acontece nesses casos, cada qual puxa a brasa para sua sardinha, e as reivindicações já foram encaminhadas às autoridades.

Segundo o papagaio, porta-voz dos rebelados, o leão exige um trono e uma coroa de ouro. Afinal, depois de perder tempo como funcionário graduado do Imposto de Renda, sua majestade sentiu a necessidade de se reafirmar como rei dos animais. Habituado às injustiças e injunções do serviço público, Leo acusa a direção do zoológico de praticar nepotismo ao inaugurar a nova mansão do Idi. Se o homem descende do macaco, o gorila é seu primo em primeiro grau – declarou o felino pelo celular.

TODO MUNDO É FILHO DA MÃE

A zebra reivindica um pijama de bolinhas. Há muito tempo enjaulada sem ter cometido nenhum crime, ela exige o direito de pelo menos não ser obrigada a usar o tradicional uniforme de prisioneiros, que estaria lhe causando depressão. Além do mais, as listras brancas estão encardidas e as pretas há muito desbotaram – ela reclama. A girafa aproveita para demonstrar seu pragmatismo. Pede ao PCZ que inclua na lista de reivindicações um comprido cachecol de lã antialérgica. As águas de março já fecharam o verão e o serviço de meteorologia acaba de anunciar uma possível queda na temperatura. Seu longo pescoço precisa ser agasalhado para evitar uma nova crise de laringite, doença que a acometeu no último inverno e que deu muito trabalho aos veterinários.

Nascido na África, o avestruz quer realizar seu sonho de infância. Mesmo sendo a maior ave do zôo, sempre invejou nos passarinhos o dom de voar – explica o papagaio. Seu desejo é uma asa-delta e um manual de vôo acrobático para poder praticar. Se tudo der certo, o galinhão pretende sobrevoar o Atlântico a caminho de casa, o que vai causar muita inveja a seus familiares. A arraia miúda também faz exigências. O gambá pede um vidro de loção importada, o canguru deseja um par de luvas de boxe, dona preguiça quer sombra e água fresca, e o coelho Mustafá reivindica o direito à visita conjugal do seu harém.

Ainda segundo o porta-voz do PCZ, o tigre, o sapo e o jacaré exigem pagamento imediato dos *royalties* decorrentes do sucesso daqueles cantores que utilizam seus respectivos nomes sem a devida autorização. Para eles esta é a verdadeira pirataria com a qual a indústria fonográfica deveria se preocupar. Tigrão, Sapão e Jacaré do grupo É o Tchan! que se cuidem. A bicharada fala sério e reclama também da poluição sonora causada por esse tipo de barulho que os

– *52* –

REBELIÃO NO ZÔO

três insistem em chamar de música. O dr. Corvo, que presta assessoria jurídica aos rebelados, promete entrar com uma ação de perdas e danos junto ao Procon, acusando as gravadoras de propaganda enganosa e danos causados ao ouvido da população.

E, novamente, atenção! A direção do zôo acaba de negociar com os líderes do PCZ. A partir de agora, todos os bichos serão considerados iguais – com exceção do chimpanzé, que, por razões óbvias, é mais igual que os outros. As reivindicações serão atendidas de imediato. O veado, que fora mantido com refém pelos rebelados, sugere a realização de um baile à fantasia – com muita pluma e paetê – para comemorar o acordo em clima de paz e amor. E como tudo por aqui acaba em samba, haverá também um megashow para o qual já foram confirmadas as presenças de Marisa Gata Mansa, Falcão, Paulinho Moska, Chico Lobo e Bezerra da Silva.

– 53 –

SEQÜESTRO DE SOGRA

Quem fala que animal não pensa não entende nada de bicho. Pelo menos é o que garante meu compadre Juventino, que ainda menino trabalhava com o pai no Norte de Minas, levando tropas de burros e mulas pelos grandes sertões. Ele sempre conta aventuras daquele tempo e garante que cada um dos animais de seu pai tinha um nome e um lugar regulamentado na tropa.

– Eu só tinha medo de duas coisas na vida – ele costuma dizer.

– Cigano e tamanduá.

– Por quê? – perguntei da primeira vez.

– Porque cigano tinha fama de roubar crianças e tamanduá tem um abraço mortal. Crava as unhas nas costelas da gente e enfia a língua bifurcada nas ventas até sufocar. Dizem até que ele suga os miolos do sujeito.

TODO MUNDO É FILHO DA MÃE

Seja lá como for, Juventino tem uma conversa boa de se ouvir. Sabe prender a atenção do ouvinte, que nem o escritor Olavo Romano costuma fazer nas suas rodas de prosa. E entre os casos mais interessantes que ele costuma contar está o episódio do seqüestro da sogra de um fazendeiro lá da sua terra.

– A idéia dos três ciganos era levar a mulher e não a sogra do coronel Aristides – explica Juventino. – Mas o que eles não sabiam é que o cujo tinha uma esposa novinha, que podia ter sido sua filha. Por isso se confundiram e levaram a sogra do homem.

Segundo Juventino, a seqüestrada era uma beata de sacristia, daquelas que só abrem a boca para falar de religião ou para esmiuçar a vida alheia.

Consta que a velha ficou o tempo todo falando na cabeça dos ciganos, mas sequer informou que era a sogra e não a mulher do coronel Aristides. Quando ficaram sabendo, os facínoras tentaram negociar um preço mais em conta para entregar a mercadoria à parte interessada.

Juventino não se lembra do valor exato do resgate exigido. Até porque, desde aquela época, o dinheiro brasileiro já perdeu um quilômetro de zeros e mudou de nome várias vezes. Mas o fato é que o coronel Aristides não quis nem saber de negociar. Ele era doido para se ver livre da sogra. Dizia até que se sogra fosse coisa boa não rimaria com cobra.

E ele tinha lá as suas razões. Só para provocar a ira da velha, disse certa vez que sonhara com ela e jogara na vaca. Ela reagiu à altura, pois ele não sabia que ela havia acertado no bicho. "E como foi isso?", perguntou o genro coronel. "Sonhei com você e joguei no veado. Deu na cabeça", foi a resposta da víbora.

– 56 –

SEQÜESTRO DE SOGRA

Por essas e outras, coronel Aristides tinha boas razões em querer se ver livre da velha beata. Ela, por sinal, era contra o casamento da filha. "Onde já se viu, casar com um homem que tem idade pra ser seu pai?", costumava provocar.

– Não teve jeito – lembra Juventino – Os bandidos não tiveram como entrar em acordo com o coronel Aristides. Dizem até que ele acabou oferecendo algum dinheiro para que eles dessem sumiço na surucucu. A sorte dela é que os três ciganos eram ainda primários, incapazes de matar até mesmo uma cobra de verdade. Depois de muitos telefonemas, acabaram abandonando a velha numa beira de estrada, na fronteira de Minas com a Bahia. Só pra variar, a polícia sequer teve pista de onde eles andavam.

Juventino se lembrou dessa história recentemente, quando viu Patrícia Abravanel pela TV, falando pelos cotovelos depois de escapar dos seqüestradores. Ele garante que a sogra do coronel Aristides falou tanto na cabeça dos bandidos que os três acabaram desistindo do resgate. Ela era tão chata, mas tão chata que, ao ser agarrada no escuro por um tamanduá-bandeira na tal estrada, o bicho não agüentou o falatório que veio a seguir. Ficou estressado, soltou a velha e descambou numa carreira desenfreada em plena estrada, sendo atropelado por uma carreta que transportava carvão.

– 57 –

SENTA QUE O LEÃO É MANSO

O Serviço de Proteção aos Animais vai ter que montar uma operação complicada para salvar a vida do leão do Imposto de Renda. Apesar daquilo que as autoridades financeiras estão sempre prometendo, está cada vez mais difícil colocar na cadeia os grandes sonegadores da receita. Com isso, o pobre bichano está num regime de dar dó, igual àquele que o Jô Soares fez lá pelos idos dos 70, quando perdeu o peso e a graça.

O leão foi mais feliz quando trabalhou para a Metro, época em que se alimentava de carne de primeira. Afinal, este era o *royalty* que ele recebia para cada rugido registrado nas telas. No auge da fama, chegou a fazer ponta nos filmes de Tarzan e lutou com Victor Mature numa das melhores cenas do clássico *Sansão e Dalila*. Mas, como diz o ditado, se um dia é da caça, o outro é do caçador. Lá se foi o tempo das vacas gordas, e o jeito foi trabalhar como leão-de-chácara. A

TODO MUNDO É FILHO DA MÃE

experiência durou pouco, pois o bom felino descobriu na prática que a função é mais bem exercida pelos gorilas, que por isso mesmo detêm o monopólio do mercado de trabalho. A saída foi aceitar o emprego oferecido pela Receita Federal brasileira.

No início, até que a profissão prometia muito. Tudo bem que, pela própria natureza, os felinos prefiram carne vermelha. Mas, com a idade avançada, até que não seria tão mal trocar o prato predileto pela carne branca, levando-se em conta os perigos do colesterol. Com o passar dos anos, o leão foi ficando preguiçoso e subnutrido de tanto comer piabas. Afinal, o bicho descobriu o verdadeiro sentido da expressão "malha fina", rede apropriada para pegar peixes pequenos. Até porque, tubarões e baleias geralmente são pegos no arpão. E, pelo jeito, a pontaria dos fiscais da receita não é lá essas coisas. Nem se compara à dos caçadores, que, durante muito tempo, infernizaram os leões nos safáris da África.

Assim, desde o dia em que trocou o *glamour* da Sétima Arte pela tarefa de engolir sonegadores brasileiros, o bicho vem perdendo o peso e a auto-estima. Pobre bichano, quem diria, acabou no divã do Dr. Carlos Alberto de Oliveira e Silva, renomado psicanalista especializado em gazelas e peruas. A análise até que deu novo ânimo ao velho Leo, que chegou a solicitar transferência para o zoológico de Belo Horizonte. Ficou entusiasmado quando leu nos jornais que foram gastos R$ 200 mil na reforma da casa do gorila Idi Amin. Ele também não descarta a possibilidade de pedir emprego à diretoria do glorioso time do Vila Nova, onde poderia servir de mascote.

A fera com alma de bela continua enjaulada em Brasília, alimentando o desejo de devorar um sonegador bem gordo, de preferência algum banqueiro beneficiado pelo Proer ou um desses latifundiários improdutivos, que insistem em contrariar os ensinamentos

– 60 –

SENTA QUE O LEÃO É MANSO

de Pero Vaz de Caminha, que já no ano da graça de 1500 percebeu que o Brasil é uma terra em que se plantando tudo dá.

Para alimentar a fé num futuro melhor, o bom bichano passa horas em devaneio, recordando o reinado de seus ancestrais na savana africana e o glorioso tempo em que seus semelhantes eram levados às arenas romanas para desespero dos cristãos e deleite dos imperadores.

Agora, uma nova luz se acende no final do túnel. Se o Tigrão conseguiu fazer sucesso no *hit-parade*, por que Leo não poderia mostrar suas garras de cantor? Mordido pela mosca do otimismo, passa horas ensaiando *Leãozinho*, antigo sucesso de Caetano Veloso.

Com toda a sua generosidade, com a qual tem dado o maior apoio a pagodeiros, cantores de rap e duplas sertanejas, o bom baiano com certeza vai achar seu rugido divino e maravilhoso.

– *61* –

LIÇÕES DA NATUREZA

Toc, toc, toc... Abri os olhos e mal pude acreditar no que vi. Pousado na velha árvore do lote vago, ao lado da varanda onde espicho a minha rede nas tardes de domingo, um pica-pau-de-topete-vermelho dava duro na madeira em busca de insetos. Resolvi apelidá-lo de Itamar. Depois fiquei tentando lembrar quando foi a última vez que vi um bichinho daquela espécie. Moro no Caiçara, bairro de Belo Horizonte cuja população de pássaros foi sendo expulsa nos últimos 15 anos devido à construção de casas e prédios. Os pica-paus sumiram de lá há muito tempo, e aquele devia ser um indivíduo desgarrado, vindo sei lá de onde, talvez da reserva da UFMG, que fica no antigo Engenho Nogueira, do outro lado da BR-262. Ou mesmo do Parque Caiçara, que fica mais perto da minha casa, ainda com o esgoto correndo a céu aberto: vergonha das vergonhas!

De uns tempos para cá, outros pássaros têm dado o ar da graça no nosso quintal. Observá-los, quando tenho tempo, é sempre

TODO MUNDO É FILHO DA MÃE

agradável. Pena que nem todo mundo preste atenção nas lições que eles nos oferecem. Lições de persistência, beleza, hierarquia e, principalmente, de equilíbrio ecológico. Pouca gente vive atenta aos pássaros ultimamente, mas eles são importantíssimos para o ecossistema. Cada espécie tem seus hábitos, e a maioria contribui inclusive no controle das epidemias, pois devoram insetos que muitas vezes transmitem doenças ao homem. A presença dos bem-te-vis já se tornou rotina no nosso quintal. Geralmente eles voam em dupla, ou em pequenos bandos. Gostam de roubar ração no canil da Suzi. Um deles fica de prontidão, feito sentinela instalada numa ponta do telhado ou num talo do mamoeiro. Através do seu canto inconfundível, a sentinela dá sinal para que seu parceiro pouse no chão e assalte a vasilha de ração para saciar a fome. Se a cadela está por perto, a tarefa torna-se quase impossível, pois ela odeia tudo o que tem asas. Costuma latir até para os aviões que sobrevoam o bairro. Quando a barra está limpa, o passarinho leva o grão para dentro da calha do nosso telhado. Batucando na folha de zinco, consegue parti-lo ao meio para encher o papo e depois regurgitar no bico dos filhotes.

E há também os delicados sanhaços que pousam e até fazem ninhos nos galhos do pé de acerola, no nosso jardim. Adoram beliscar a polpa da pequena fruta com o biquinho curvo, que mais parece um anzol. E também tomam água com açúcar no pequeno bebedouro de plástico que dependuramos numa ponta de caibro perto da varanda, para os beija-flores. Aliás, apesar da delicadeza, o beija-flor é egoísta e agressivo. Está sempre brigando com os de sua espécie. Tampouco parece capaz de dar um vôo de mergulho. Sempre que erra o rumo, um deles entra em nossa casa e aí perdemos um tempo enorme tentando libertá-lo. Apesar das janelas e portas de vidro estarem quase sempre

– 64 –

LIÇÕES DA NATUREZA

abertas, o bichinho insiste em voar para cima. Como a casa tem sete metros de pé direito, ele fica batendo no forro até perder os sentidos de tanto cansaço. E aí vem a operação salvamento: pegamos o bichinho com todo cuidado e lhe damos água com açúcar num conta-gotas, até que ele se reanime e possa voar novamente.

Curioso notar que, no mesmo bebedouro dos beija-flores, o freguês noturno é o Dráuzio, um pequeno morcego que resolvemos adotar e que foi batizado por minha filha. Aliás, é bom que se diga, das mais de 700 espécies de morcego existentes no mundo, somente três são hematófogas. Os morcegos que voam nas grandes cidades geralmente se alimentam de insetos, larvas, pequenos peixes, roedores, frutas (adoram jabuticaba) e do néctar das flores. Por isso o nosso amigo Dráuzio se habituou a beber a água doce dos beija-flores. E olha que o bicho de cara feia não é nada egoísta. Além dele, freguês antigo, outro dia contamos cinco morceguinhos se revezando no mesmo bebedouro. As aparências enganam. Se o beija-flor briga por causa da água, chegando a derrubar seu semelhante em pleno vôo, os pequenos mamíferos voadores se mostram camaradas uns com os outros.

Mas tem mais gente alada no nosso quintal. As rolinhas fogo-pagou, por exemplo, estão sempre por perto. A exemplo dos bem-te-vis, também gostam de ração de cachorro e de restos de comida. Pelo menos uma vez por ano um casal delas vem fazer ninho no pé de acerola ou na jabuticabeira do jardim. Outro passarinho sensacional é o pequeno bico-de-laca (popularmente chamado de "bico-de-lacre"). O bando aparece na época em que o colonhão dos lotes vagos está alto e começando a secar. Além de comer a semente do capim, esse passarinho aproveita a fibra para tecer seu ninho na acerola ou nas poucas árvores nativas que ainda resistem nos lotes vagos da vizinhança.

– 65 –

TODO MUNDO É FILHO DA MÃE

E tem também a carriça, que é mais conhecida pelo nome de "garrincha". Esse bichinho é um espetáculo à parte. Dia desses, um casal havia feito o ninho num oco do muro. Veio um calango – outro bicho sempre bem-vindo ao nosso terreiro, já que além de simpático também devora insetos e pétalas de flores que caem no chão – e tentou espiar pelo buraco, na certa procurando ovos ou filhotes. Mamãe passarinha surgiu do nada num vôo rasante e, feito flecha certeira, golpeou a cabeça do verde lagarto, que despencou em queda livre com ar de quem nem sabia onde estava.

Outros bichos alados que ainda dão o ar da graça em nossa rua são o anu (tem do preto e do branco, dizem que comem carrapatos), o sabiá-laranjeira (outro dia um deles estava bicando o retrovisor do nosso carro, admirado com o reflexo da própria imagem), a andorinha (adora construir ninho nos buracos dos muros – mas, por favor, vamos deixá-la fazer o verão em paz!) e o pinhé (pequeno gavião que às vezes sobrevoa o bairro na esperança de fisgar com as unhas pontudas algum passarinho ou pintinho distraído). Também já vi na região um pequeno bando de maritacas e um casal de joão-de-barro. Por essas e outras, vale dizer que a vida ainda vale a pena. Apesar da especulação imobiliária e da poluição, a natureza ainda está do nosso lado, manifestando-se através de suas criaturas aladas.

Em tempo, vale lembrar que o pardal, mesmo sendo considerado uma praga urbana, é minoria na nossa rua e, na pior das hipóteses, também come insetos – o que em tempos de dengue não deixa de ser uma bênção.

– 66 –

DRAMAS DO NOVO POBRE

A prolongada crise econômica que vem afetando o País criou um personagem *sui generis*, que é justamente a figura do novo pobre. Trata-se daquele sujeito que já foi remediado na vida e que, de repente, alvejado por um urubu de pontaria certeira, despencou na escala social e perdeu a pose que tinha. De médio empresário com ambições de crescer economicamente, o infeliz viu-se à mercê de dívidas impagáveis, empenhado nas garras de banqueiros e agiotas sem o mínimo espírito cristão.

Resultado: o sujeito pediu concordata e, como se isso não bastasse, declarou falência, encerrou os negócios, vendeu o Vectra do ano, comprou um Chevete 79 na feira de carros usados e se mudou de mala e cuia da zona Sul para um bairro periférico, onde aluguel e IPTU ficam mais em conta. Agora, todo domingo, o pobre coitado pede emprestado ao cunhado a página de classificados do jornal, pois está em busca de um emprego à altura da sua

TODO MUNDO É FILHO DA MÃE

experiência profissional – e que lhe ofereça um salário compatível, naturalmente.

Até aí, tudo bem. Afinal, todo mundo tem seu dia de azar. Mas o problema do novo pobre é a família do novo pobre. A mulher ainda sonha com as férias em Miami e insiste em freqüentar o mesmo salão de beleza e as mesmas festas da zona Sul às quais se habituou. Pior! Manda fazer um vestido novo para cada ocasião e vê-se obrigada a comprar um par de sapatos que combine com a roupa nova. Como não tem mais cartão de crédito – o último foi parar no SPC – ela paga a conta com cheques pré-datados da conta conjunta que tem com o marido.

O filho mais velho do novo pobre não quer trabalhar. Prefere concluir os estudos para só depois pegar no pesado. Já tomou pau no vestibular três vezes e ainda reclama da falta que lhe faz a moto que o pai colocou no prego. A filha do meio ficou traumatizada com a venda do computador, pois não pode mais freqüentar as salas de bate-bapo da Internet. Seu passatempo agora é ir ao shopping com a "tchurma". E haja dinheiro para o *big mac* com "refri", a sessão de cinema regada a pipoca e as partidas de boliche. Enquanto isso, o caçula tenta se enturmar com os moleques da vizinhança, mas precisa sair de casa escondido da mãe, pois ela não o quer jogando pelada com os meninos da rua. Não fica bem uma pessoa da sua linhagem se misturar com essa gentalha.

Mas tudo isso até que o novo pobre tira de letra. O que ele não sabe mesmo é suportar o barulho da vizinhança. Domingo cedo tem pagode pra todo lado, e o cheiro de churrasco de carne de segunda polui a atmosfera de sua casa. Quando ele coloca um dos seus discos de jazz ou bossa nova pra tocar, a vizinha do lado telefona reclamando do barulho. Ela diz que Charles Mingus não toca nada e que João

DRAMAS DO NOVO POBRE

Gilberto não sabe cantar. "Cantor é o Netinho", o novo pobre teve que ouvir dia desses no boteco da esquina. Aliás, eis aí um outro dilema. Como ninguém é de ferro, o novo pobre teve que trocar os movimentados *sets* disputados com outros sócios do clube de tênis pela sinuca com os novos vizinhos no referido botequim. A melhor bebida disponível é a pinga sem rótulo vinda do Rio. Pinga da roça? "Não, da Rocinha. Fabricação artesanal", garante o dono da espelunca.

Mas as coisas estão mudando. Depois de um longo e tenebroso inverno, volta a chover na horta do novo pobre. Dizem que um vereador, amigo de um primo de sua mulher (o nome do moço é Ricardo) arranjou-lhe uma banca de camelô no centro da cidade. Os negócios até que prometem, pois o mercado paralelo de CDs e DVDs vai muito bem, obrigado. O novo pobre tem a seu favor a experiência empresarial e já planeja abrir uma *franchising* de discos piratas. Também está negociando a compra da barraca do lado, na qual pretende vender produtos americanos *made in* Paraguai, fingindo fazer concorrência consigo mesmo. Nada mal para quem perdeu tudo na vida, menos a fé em Deus e no pacto social prometido pelo governo.

– 69 –

A CUECA LILÁS

Naquela manhã, Rodrigo levantou de ressaca, tomou uma ducha fria e se vestiu às pressas. Meteu a mão na gaveta de cuecas e pegou uma delas, sem prestar atenção. Tão logo saiu de casa, rumo ao trabalho, começou a se sentir incomodado. A cueca apertava entre as pernas. Mais tarde, no banheiro da repartição, notou que se tratava de uma cueca lilás, cor que não estava entre as suas favoritas. Era uma peça barata, de marca desconhecida e tamanho médio. Seu manequim era grande e ele passou o resto do dia imaginando como aquela peça de roupa fora parar em seu guarda-roupa.

Rodrigo era casado há oito anos e morria de ciúmes de Andréa. Ela era dez anos mais nova que ele, loura e de olhos azuis, o que só servia para aumentar sua insegurança de corno profissional. Matutando com os próprios botões, ele concluiu que já havia visto aquela cueca no corpo de alguém. Não demorou muito a lembrar que esse alguém era o Rangel, colega de trabalho que costumava participar das peladas

TODO MUNDO É FILHO DA MÃE

que a turma da repartição promovia nas noites de quarta-feira, logo após o expediente.

Rangel era um cara boa-pinta e falante, mais jovem que ele, do jeito que as mulheres gostam, Rodrigo pensava. Era moreno grisalho, de olhos verdes e queixo quadrado, cara de gigolô americano. Mais de uma vez, Rodrigo o tinha visto de papo com Andréa nos churrascos que a turma promovia para comemorar os aniversários do mês. Rodrigo se lembrou que um dia ela chegou a comentar que o encontrara por acaso numa videolocadora, no centro da cidade. "O Rangel é o mais simpático dos seus colegas", teve o desplante de dizer.

Intrigado com a cueca lilás, Rodrigo passou o dia ruminando desconfianças. Depois do expediente, passou no bar onde a turma se reunia para um chope gelado. Em vez de chope ou cerveja, pediu uma dose de conhaque para espantar o frio. Um dos colegas contou uma piada sobre marido traído. Rodrigo pediu uma dose de uísque caubói e a mistura foi fatal. Para complicar, ouviu outra piada de corno e, antes de ir para casa, já havia bebido cinco doses de "cavalinho". Quando pediram a conta, um colega lamentou a ausência do Rangel. "Ele disse que ia sair com uma gata cujo marido não comparece", alguém justificou, e a turma caiu na gargalhada.

Ao chegar em casa, Rodrigo perguntou pela mulher. A empregada disse que ela havia saído por volta das sete horas. "Falou onde ia?", ele quis saber. "Foi jogar biriba na casa de uma amiga", Maria respondeu. "Biriba o cacete", ele ruminou. Lá pelas tantas, Andréa chegou. Rodrigo estava de pijama, vendo TV com o copo de uísque na mão. "Oi, amor, chegou cedo", ela disse, assim que fechou a porta da sala. "Onde é que a senhora estava?", ele perguntou num tom pouco amistoso. "Na casa da Camila, por quê?" Rodrigo estava

– 72 –

A CUECA LILÁS

transtornado. "Você acha que me faz de idiota?", já foi logo gritando. "Você bebeu, Rodrigo?"

A pergunta foi suficiente para que ele entornasse o caldo de vez. Foi até à cesta de roupa suja, no fim do corredor, pegou a cueca lilás e a jogou na cara da esposa. "De quem é essa cueca, Andréa?" Ela não entendeu o sentido da pergunta: "Sei lá, só pode ser sua." A discussão foi inevitável. Enfezada e se sentindo ofendida pelas insinuações do marido, Andréa disse que sim, que achava o Rangel atraente, mas negou que estivessem tendo um caso. Rodrigo a esbofeteou. Ela revidou e levou um soco na cara, desequilibrou-se e bateu a cabeça na quina da mesa.

Quando Maria entrou na sala, Rodrigo chorava, pensando que Andréa estivesse morta. "Tudo por causa de uma cueca", balbuciava abraçado à esposa desacordada sobre o carpete marrom. A empregada pegou a peça de roupa no chão. "A cueca do Manuel", exclamou. Rodrigo e Andréa nem suspeitavam que ela trazia roupas de casa para lavar na máquina comprada no último Natal.

– 73 –

PARA A ALEGRIA DOS VELHINHOS

Meu compadre Juventino se considera um bom cristão. Nunca se recusa a ajudar o próximo, principalmente quando este não está tão próximo assim. A vantagem de ajudar pessoas desconhecidas é que isso não se torna obrigação. Dia desses, ao se deparar com uma notícia de jornal sobre um asilo que enfrentava dificuldades, ele não teve dúvidas. Comunicou à esposa que faria uma doação para a alegria dos velhinhos da referida instituição.

Minha comadre ficou orgulhosa do marido. Afinal de contas, num mundo cada vez mais dominado pelo egoísmo, no qual as pessoas vão se transformando em consumidores autômatos, ela mais uma vez constatou as qualidades do companheiro. Aliás, o que ela mais gosta em Juventino é do seu ar de cavalheiro medieval, o que desperta nela a fantasia adormecida dos tempos de donzela sonhadora. De repente, ela imagina ser uma princesa que foi salva do dragão da solteirice numa época em que o matrimônio era o grande sonho das moças de bem.

TODO MUNDO É FILHO DA MÃE

Assim, no último domingo, dia de visitas no tal asilo, Juventino acordou cedo, lavou seu velho Chevrolet e disse à mulher que iria fazer sua doação. Ela, que sempre relutava em andar no antigo automóvel – tão antigo que o colecionador Pacífico Mascarenhas até já quis comprá-lo – resolveu acompanhar o marido. Ficou ainda mais contente quando Juventino anunciou que deveriam levar a sogra. A boa velhinha tinha alma caridosa e, com certeza, adoraria visitar pessoas de sua geração que há muito haviam sido abandonadas pela sorte.

E lá foram os três em clima de piquenique num dia de sol, o rádio do carro ligado no programa do Acir Antão, cujo repertório desfila clássicos do samba e do choro. Com o recorte de jornal na mão, minha comadre ajudou o marido a localizar o endereço e, não demorou muito, lá estavam eles em frente ao asilo Espera Feliz. Juventino estacionou o Chevrolet na sombra de um Jatobá e fez questão de abrir a porta de trás para a sogra descer.

Minutos depois, o trio adentrava o asilo, cujos internos se encontravam no pátio aproveitando o sol de inverno para espantar o frio. Um sol que geralmente não esquenta, mas que provoca aquele sono gostoso, de fazer a dentadura cair no colo. Minha comadre se adiantou às palavras do marido. Procurou a freira que dirigia a instituição e falou da nobre intenção de Juventino. Este ficara em companhia da sogra, conversando com um grupo de velhinhos que lhe pedira cigarros. A sogra, que muito antes da febre do "politicamente correto" já se dizia antitabagista, criticou o genro, enquanto ele estendia o maço de Marlboro às mãos trêmulas dos anciãos. "Cigarro dá câncer", ela resmungou. "Todo mundo morre um dia, e essa gente não tem mais tempo para adoecer", retrucou Juventino na certeza de estar praticando uma boa ação.

– *76* –

PARA A ALEGRIA DOS VELHINHOS

Lá dentro, no gabinete da diretora do asilo, minha comadre não ficou surpresa quando a freira de semblante ariano lhe disse que qualquer tipo de doação seria bem-vinda. Foi aí que ela se lembrou que Juventino não havia trazido nada de casa que pudesse doar aos velhinhos. Mas, num suspiro de compreensão, deduziu que ele com certeza preencheria um cheque da Caixa. E assim foi chamar o marido no pátio, sendo acompanhada pela freira. Tão logo viu Juventino, foi logo perguntando de quanto seria sua doação. "Quanto?!", perguntou Juventino. "É", disse ela. "Afinal, você não trouxe roupa e nem mantimentos. Imagino que vá preencher um cheque." E qual não foi sua surpresa quando ele disse que faria sua doação em espécie. "Uma doação em dinheiro", deduziu a freira com um sorriso na cara redonda e rosada. "Não", disse ele. "Vou doar minha sogra para complementar o quadro feminino da entidade." As reações foram as mais diversas. Inclusive o sorriso banguelo de um velhinho que já crescia os olhos na veterana senhora que lembrava sua falecida esposa.

Mas não foi daquela vez que Juventino conseguiu se livrar do problema que tanto o afligia. Para piorar sua frustração, por pouco ele não caiu em sua própria armadilha. Minha comadre ficou tão indignada com sua atitude que acabou dizendo à freira que o marido sofria de senilidade precoce e que deveria ficar no asilo. Juventino rebolou sem bambolê para convencer a freira e dois enfermeiros tipo armário embutido de que a mulher só estava brincando. "Sogra não é parente, é castigo", resmungou a caminho de casa, no velho Chevrolet, com duas gerações de xingamentos nos ouvidos.

– 77 –

SINUCA DE BICO

O plano era simples. Levar a moça de olhos azuis ao apartamento que alugara para encontros amorosos e ficar com ela até meia-noite. Sexta-feira era o dia da sinuca com os amigos. Marisa nunca desconfiava de suas escapadas. Na dúvida, Juan sempre levava pra casa um giz no bolso do paletó. Mas, naquele dia, ele exagerou no uísque. Namorou além da conta, virou para o canto e dormiu um sono de chumbo. A moça também apagou.

O relógio dele apitou às sete horas. A luz do sol já inundava o quarto. Ambos pularam da cama. Juan caiu na real e pegou o celular que mantivera desligado. Marisa havia ligado várias vezes, transtornada, pensando no pior. "Minha mãe também deve estar arrancando os cabelos", disse a moça de olhos azuis.

O casal tomou banho e se vestiu rapidamente. "Deixo você perto de casa", disse Juan assim que entraram no carro, na garagem do

TODO MUNDO É FILHO DA MÃE

prédio. Girou a chave de ignição e arrancou. Quando o portão automático abriu, ele mal pôde acreditar no que viu. Sábado era dia de feira e a rua estava interditada aos veículos motorizados, repleta de barracas. "Putz grila", Juan exclamou, sem saber o que fazer. "Vou pegar um táxi", disse a moça de olhos azuis. "Pera lá, me ajuda a pensar numa desculpa." Ela balançou os ombros, dando a entender que o problema era dele e que todas as mulheres são iguais: "Quem mandou enganar a esposa..."

O celular tocou. Era Marisa querendo notícias, mas ele não atendeu. A mulher era paranóica. Num dos recados, falava até em seqüestro. "Eureca!", disse Juan, engrenando marcha-ré. Guardou o carro, deixando dentro dele a pasta de couro, o telefone, a gravata e o paletó do terno com um giz de sinuca no bolso. Saiu do prédio a pé, passou pela feira e chegou à avenida transversal. Fez sinal para um táxi e falou o endereço. O motorista era um mulato grandalhão e grisalho, e falava pelos cotovelos. "O senhor é otimista ou pessimista?", foi logo perguntando.

Talvez fosse alguma pesquisa, mas Juan não soube o que responder. "Não me leve a mal, estou com pressa", disse num tom ansioso. "Sou um cara otimista", retrucou o motorista sem ligar para sua observação. "Brasileiro tem mania de reclamar da sorte. Mas eu prefiro acreditar que as coisas sempre mudam pra melhor. O juiz Lalau foi preso, lembra? Nos meus 61 anos bem vividos, nunca vi um juiz em cana. Sou do tempo em que juiz ladrão só existia no futebol de várzea..."

Perto de casa, já cansado da cantilena, Juan atrapalhou os cabelos e rasgou o bolso da camisa de linho. Arrancou também uma das mangas sob o olhar perplexo do chofer de praça. "O senhor tá passando mal?", o mulato perguntou. "Não fique assustado, eu não

– 80 –

Sinuca de Bico

sou maluco", Juan respondeu. "Pode parar em frente ao portão verde."
Enquanto ele pagava a corrida, Marisa abriu o portão e saiu de casa
com os dois filhos.

Juan saltou do carro e, para sua própria surpresa, revelou-se um
ator de talento. Começou a chorar e abraçou os meninos, dizendo
"papai ama vocês". O motorista arrancou o táxi sem entender o que
se passava. Juan disse a Marisa que havia sido vítima de um
seqüestro relâmpago. "Me pegaram em frente ao salão de
sinuca...Levaram meu carro, o celular, os cartões de banco..." Depois
ele inventaria uma desculpa, dizendo que a polícia encontrara o
automóvel num bairro distante. Marisa o abraçou. "Te machucaram?"

Juan suspirou, limpando a lágrima que escorria na face direita.
"Rasgaram minha camisa nova, tá vendo? Disseram que iam me
matar..." "Foi Deus que te salvou", ela disse. Curiosos já se aglome-
ravam na rua. Juan entrou em casa com a família, bem a tempo de
ouvir a vizinha do lado dizer ao marido, enquanto ele lavava o carro,
em frente à garagem: "Tá vendo como anda a violência? É por isso que
eu me preocupo quando você vai jogar sinuca..."

– 81 –

A CLONAGEM
NO BANCO DOS RÉUS

Não dá para entender toda essa reação de religiosos e moralistas contra os cientistas que estariam criando o primeiro clone humano. Afinal, esse negócio de clonagem antecede a própria ciência dos homens. A Bíblia ensina que a primeira mulher foi feita por Deus a partir de uma costela de Adão. Não teria Ele utilizado uma técnica de clonagem? Afinal, não houve nenhum processo natural nesse ato, e sim uma ação exclusiva do Criador jamais repetida em outro momento da evolução das espécies.

Claro que Adão e Eva são personagens da mitologia judaico-cristã, mas isso não que dizer que a história dos dois não traga a sugestão de outros meios de reprodução humana que não sejam a relação sexual entre homem e mulher. Até porque, o próprio Adão teria sido feito direto do barro, talvez num significado místico de que realmente viemos do pó da Terra e a ele voltaremos depois de mortos.

TODO MUNDO É FILHO DA MÃE

Polêmicas à parte, o fato é que os cientistas sempre foram mal compreendidos por nós outros, reles mortais. A história mais comovente é a de Galileu Galilei, que para escapar da fogueira da Inquisição teve que negar a certeza de que os planetas giram em torno do Sol. Hoje, devidamente perdoado pela Igreja – aliás o papa João Paulo II chegou a se desculpar publicamente pela injustiça cometida contra o cientista italiano –, Galileu foi imortalizado como um gênio que estava muitos anos à frente de seu tempo.

Na verdade, o problema das descobertas ou experiências científicas está no uso que se pode fazer delas. Assim, a mesma faca que corta o pão pode ser utilizada como arma branca. Ao conceber a Teoria da Relatividade, Albert Einstein abria a mente dos homens para uma série de possibilidades. A mesma tecnologia que possibilitou a conquista do espaço e a construção de usinas atômicas resultou na fabricação de armas extremamente perigosas.

É pública e notória a tragédia pessoal de Santos Dumont, que ao tomar conhecimento de que os aviões estavam bombardeando cidades européias durante a Primeira Guerra Mundial acabou se matando, num momento de profunda depressão. Mas como culpar o inventor se sua invenção é utilizada de maneira jamais imaginada por ele? Claro que a responsabilidade deve cair nos ombros de quem tomou tal atitude, e não ser atribuída ao pai do referido invento.

A regra vale também para a clonagem humana. Até porque, há duas décadas a invenção do anticoncepcional foi muito criticada por religiosos e moralistas de plantão. Também o bebê de proveta experimentou a ira daqueles que não admitem o avanço da ciência. Muito barulho igualmente foi feito quando apareceram na TV as primeiras imagens da ovelha Dolly. Claro que a utilização desse tipo de conhecimento deverá sempre estar sujeita a critérios éticos e

– 84 –

A CLONAGEM NO BANCO DOS RÉUS

morais, mas isso não deveria nunca servir de obstáculo para o progresso da ciência.

Parábola da Felicidade

O marajá Kadul Halan era um homem feliz e se sentia bem amado por todos à sua volta. Rico e poderoso, tinha ao seu redor uma infinidade de servos e parentes, quase todos dependentes da sua boa vontade. Mas como todo ser humano que se preza, e já passando da idade madura, começou a não ver muito sentido na própria existência e a questionar qual seria o verdadeiro sentido da vida humana.

Entediado com a rotina do seu dia-a-dia, o bom marajá se convenceu de uma vez por todas que o dinheiro não traz felicidade, e por isso resolveu distribuir sua fortuna entre os mais necessitados. Quem não gostou da notícia foram suas dez esposas e os 31 filhos. Seus irmãos e irmãs também acharam a idéia um absurdo, mas acabaram aceitando o fato como um capricho passageiro próprio da idade.

Tão logo a decisão do todo poderoso marajá foi anunciada em seu país, uma imensa fila se formou em frente ao seu palácio. Vieram

TODO MUNDO É FILHO DA MÃE

pessoas de todas as cidades do reino. Pouco a pouco, a fortuna do marajá foi sendo distribuída a mendigos, viúvas, desempregados, enfermos de todo tipo, presidentes de ligas de caridade e até deputados, que se fizeram passar por pessoas necessitadas. Também os ladrões e vigaristas se fizeram passar por pedintes, ajudando a engordar a fila que dobrava quarteirões.

Não demorou muito e o marajá Kadul Halan estava com seus bens reduzidos ao extremamente necessário. Apesar de toda a sua boa vontade para com o povo do seu país, ele acabou sendo amaldiçoado por aqueles que entraram tarde demais na fila e não conseguiram receber nenhum donativo.

A tristeza maior do marajá veio quando ele ficou sabendo que seus 31 filhos e as dez esposas o haviam abandonado, restando-lhe apenas a companhia do seu fiel eunuco. O dinheiro havia sido todo distribuído e ele teve que vender o palácio para custear as indenizações resultantes dos seus dez divórcios. E, assim, o velho Kadul Halan descobriu na prática que dinheiro realmente não traz felicidade, mas ajuda a sustentar as ilusões.

– *88* –

DINHEIRO E BANDEIROLAS

Modernidade não é para todo mundo. Pelo menos é assim que pensava meu compadre Juventino, que pelo avançado da idade já se julga incapaz de alcançar o ritmo das inovações da vida moderna. Por essas e outras, ele resolveu guardar o minguado soldo da aposentadoria no colchão. É que a agência bancária onde mantinha uma conta há vários anos foi toda informatizada e ele mal consegue extrair o extrato na máquina sem pedir ajuda a alguém.

Sou do tempo em que a agência bancária era uma sala de visitas, recorda o antigo correntista numa crise de nostalgia. E lembra que adorava passar na Caixa para tomar um cafezinho com o gerente, enquanto dava uma folheada no jornal e comentava as manchetes do dia. Certa vez ficou horrorizado ao ler na primeira página uma notícia sobre o tráfico de cocaína. Hoje, o pó suspeito é outro, comentou dia desses, referindo-se ao antraz.

TODO MUNDO É FILHO DA MÃE

Mas o que realmente levou Juventino a encerrar a conta no banco foram as muitas senhas ou códigos secretos que deveria memorizar para movimentar a conta. Assim, teria de decorar um número de quatro dígitos para ser atendido na boca do caixa; um segundo número com seis dígitos para utilizar o cartão nos caixas eletrônicos, tendo também que escrever o ano do seu nascimento; uma frase e um outro número para retirar o saldo através da Internet. Isso sem contar o próprio código da Internet. Haja memória! Meu compadre até que se esforçou, pois não gosta de se dar por vencido sem persistir no seu intento. Há um mês, qual não foi sua surpresa ao ser avisado que um cheque seu fora devolvido por falta de fundos. O gerente informou-lhe que um larápio virtual havia clonado seu cartão e limpado a conta. Depois do susto, ele regularizou a situação e ficou à espera do depósito do próximo salário. Como anda mal da memória, escreveu os códigos secretos num maço de cigarros, que deixou no bolso da camisa. Sem avisá-lo, sua mulher pegou a tal camisa no cabide para enviar à lavadeira, e o maço amarrotado foi parar na lixeira.

Desde então, Juventino nunca mais conseguiu movimentar suas contas sem pedir ajuda a um funcionário da agência bancária. A cada ida ao banco, ele fica constrangido. Vão pensar que estou gagá, disse consigo mesmo. Pediu ao filho mais velho que fosse com ele uma vez por mês ao banco para retirar todo o salário. Lembrou que seu avô paterno guardava dinheiro no colchão e resolveu adotar a mesma prática.

Há três semanas a coisa vinha dando certo, e Juventino só confiou o segredo do dinheiro no colchão à mulher. No penúltimo domingo, numa visita aos pais, sua filha mais velha colocou o filho de seis meses para dormir na alcova paterna. O dia estava muito quente

– 90 –

DINHEIRO E BANDEIROLAS

e ela deixou o petiz bem à vontade, só de fralda e sem calça plástica, esparramado sobre os lençóis de linho. Levado pelo impulso da micção, o menino fez xixi no colchão da vovó, molhando por tabela o suado dinheirinho do vovô Juventino.

A família teve que colocar o colchão no sol, e as notas foram estendidas no varal, uma a uma, feito peças de roupa. Olhando inadvertidamente, qualquer pessoa seria levada a deduzir que haveria uma festa junina no quintal da casa. São João em pleno novembro, disse a sogra de Juventino, que já anda meio caduca. E foi assim que toda a vizinhança descobriu o segredo do meu compadre. Desde aquele dia, ele anda procurando um lugar realmente seguro onde possa guardar o dinheiro sem necessitar de senhas ou códigos secretos para movimentá-lo a seu bel prazer.

– 91 –

HÁ MALES QUE VÊM PRA BEM

Quem vê meu compadre Juventino andando pelas ruas sequer desconfia do seu passado alcoólico. Graças à força de vontade e ao apoio da família, ele pôde colocar na masmorra o vício da manguaça. Mas o que ninguém suspeita é que aconteceu um fato que muito contribuiu para isso. No tempo das vacas gordas, ele morava na Pampulha, bairro nobre de Belo Horizonte, e costumava passar as tardes debruçado na janela de casa, com o copo de uísque na mão, contemplando a lagoa ao pôr do sol. Certo dia, teve uma visão que mudaria para sempre sua vida. Um enorme jacaré de pele esverdeada saiu da água e atravessou a avenida Otacílio Negrão de Lima, vindo em direção ao jardim de sua casa.

Juventino, obviamente, entrou em pânico. Atirou longe o copo de bebida e pediu ajuda à mulher, dizendo que o animal queria devorá-lo. Com muito custo e a ajuda dos filhos, minha comadre conseguiu finalmente acalmá-lo. No dia seguinte, ela o acompanhou ao consul-

TODO MUNDO É FILHO DA MÃE

tório do Dr. Carlos Alberto de Oliveira e Silva, que lhe fora indicado por uma vizinha. O psicólogo perguntou se ele consumia álcool e a resposta foi "só quando o uísque acaba". Depois ouviu o casal com a parcimônia de sempre e deduziu que o bom Juventino sofrera uma crise de *delirium tremens*. O paciente ficou apavorado e saiu da consulta direto para uma clínica de desintoxicação. Lá, ele conheceu pessoas de ambos os sexos, idades e profissões diferentes, cada qual com sua história de vida.

Um homem de meia-idade, internado devido às pressões familiares, insistia em dizer que a água é mais nociva que o álcool. E justificava a afirmativa dizendo que a hidrocefalia que matara o poeta Vinicius de Moraes fora provocada não pelo uísque – que o "poetinha" chamava de "cachorro engarrafado" –, mas pelo gelo derretido nas milhares de doses da bebida que ele consumira ao longo da vida. Outro, mais jovem, dizia que o fato de 30% dos acidentes de carro serem provocados por motoristas alcoolizados comprova a tese de que os outros 70% seriam provocados justamente pela ausência do álcool. Uma senhora, que chegara ao ponto de beber perfume, dizia que o lado bom de sua tragédia pessoal era ter descoberto um bom remédio contra o mau hálito e os incômodos provocados pela flatulência. Outra, que há vários anos lutava contra o vício, dizia ter tanta força de vontade, mas tanta força de vontade, que já havia deixado de beber várias vezes.

Se não fosse o susto provocado pelo tal jacaré naquela tarde modorrenta de verão, Juventino com certeza estaria bebendo até hoje, pois não teria procurado a orientação de um psicólogo e nem buscado a ajuda do AA, o que muito contribuiu para livrá-lo da dependência do álcool. Mas o fato mais curioso aconteceu recentemente, quando ele leu nos jornais que realmente não existe um, mas vários jacarés

– *94* –

HÁ MALES QUE VÊM PRA BEM

morando na Pampulha. Isso ficou evidenciado com o esvaziamento da lagoa para as obras de recuperação do cartão-postal da cidade. Agora, ele se pergunta se realmente sofrera *delirium tremens* ou se de fato enxergara um jacaré atravessando a avenida em direção à sua casa? Seja lá qual for a resposta, a sabedoria popular ensina que há males que vêm pra bem. Graças ao simpático réptil, meu compadre nunca mais colocou uma gota de álcool na boca.

URUBU A BORDO*

Depois que Roberto Drummond superou o medo de avião, pode-se dizer que ninguém tem mais pânico de voar do que meu compadre Juventino. Ele chega a ser hilário, pois só falta vestir fraldão toda vez que vai embarcar. E a coisa piorou mais ainda desde o dia 11 de setembro de 2001, quando os terroristas jogaram aqueles aviões contra as torres gêmeas do World Trade Center, em Nova York. Por mais que minha comadre insista em convencê-lo a perder o medo, Juventino tem sempre bons argumentos em contrário. "Além de ser mais pesado que o ar, o avião foi inventado por um brasileiro", costuma dizer, evocando o raciocínio do "poetinha" Vinicius de Moraes, temerário passageiro dos antigos vôos da Panair.

Dia desses meu compadre foi convidado pelo irmão Filisbino a visitar sua fazenda, no interior de Goiás. O convite chegou pelo correio, trazendo em anexo duas passagens. Minha comadre não

TODO MUNDO É FILHO DA MÃE

pensou duas vezes para fazer as malas. Antes mesmo que Juventino pensasse em agradecer e dispensar a gentileza do irmão fazendeiro, ela telefonou para o cunhado confirmando que iria arrastar o marido até o aeroporto da Pampulha de qualquer maneira.

"Essa época do ano não é muito boa para se viajar de avião", disse Juventino logo na primeira conversa sobre o assunto. "Pode cair uma tempestade quando estivermos lá em cima."

"Tempestade nada, Juventino. O céu tá mais azul que a bandeira do Cruzeiro", argumentou a mulher.

"Pior ainda. Além de ser atleticano, vou ter que ver a Terra lá de cima. Isso me dá vertigem..."

Minha comadre tanto fez que ele acabou embarcando com ela rumo a Brasília, onde Filisbino os aguardaria no aeroporto com sua caminhonete. Antes, porém, Juventino tomou um Lexotan para acalmar os nervos. O vôo estava cheio e o casal se viu obrigado a viajar separado. Ela ficou na frente da aeronave, numa cadeira junto à janela. Ele teve que ir para o fundo da aeronave, ajeitando-se numa cadeira no corredor. O sujeito a seu lado vestia terno preto e tinha olheiras profundas. Mantinha a janela fechada e parecia estar mais rígido que uma pilastra.

"Tenho pavor de voar", disse Juventino, tão logo o comandante ligou os motores.

"Então somos dois", respondeu o homem de preto, e só então Juventino notou que ele segurava um rosário. "A maioria dos acidentes acontece na hora da decolagem", acrescentou para horror dos demais passageiros.

"Deus é grande", murmurou Juventino como quem fala para si mesmo.

– *98* –

URUBU A BORDO

"Por isso é que eu rezo", disse o homem de preto, tirando do bolso um monte de santinhos com orações impressas no verso. "Escolha o da sua devoção", sugeriu, estendendo os cartões para Juventino, que agradeceu dizendo que, apesar de sua formação, não era católico praticante.

"Nem eu", disse o estranho. "Mas, nessas horas, eu me apego até com pai de santo."

O avião taxiou até a cabeceira da pista e o comandante anunciou a decolagem. Juventino começou a suar frio. Em seguida, apertou o cinto de segurança, enquanto o homem de preto rezava o credo em voz alta. O foker ganhou velocidade e subiu sem problemas.

"Eu não devia estar neste vôo", disse o homem de preto.

"Nem eu", suspirou Juventino.

"Quando fui comprar a passagem, o aviãozinho que fica em cima do balcão da agência de turismo apontava para baixo... Isso pode ser um sinal."

"Nunca se sabe..."

"Por isso eu desisti. Fui para o meu escritório e pedi à secretária que mandasse o contínuo comprar a passagem noutro lugar."

"Você fez bem."

"Sei não... A passagem me foi entregue num envelope roxo."

"Mesmo?"

"Pior é essa onda de terrorismo... Entro em pânico só de pensar."

Juventino olhou para o lado e viu a cara de Osama Bin Laden estampada no jornal que um passageiro folheava. Limpou uma gota de suor na testa e fez o Nome do Pai. Minutos depois, a comissária de bordo anunciou que o lanche seria servido.

– 99 –

TODO MUNDO É FILHO DA MÃE

"Acho que vou tomar um porre", disse Juventino, esquecendo-se que já havia freqüentado reuniões do AA.

"Geralmente eu não bebo, mas acho que vou fazer o mesmo."

"Estou com fome."

"Eu nunca como nada no avião", disse o homem de preto. "Da última vez, tive uma crise estomacal e enchi dois saquinhos de vômito."

Dito e feito. Juventino também não conseguiu comer nada, mas tomou duas doses de uísque caubói. O álcool e o Lexotan fizeram uma festa dentro dele. Meu compadre ficou literalmente doidão e deu um vexame daqueles. Vomitou no homem de preto, fez discurso a favor dos afegãos e ficou gritando o nome da minha comadre. Envergonhada, ela fingiu que não o conhecia. Por pouco o comandante não realizou um pouso de emergência, pensando tratar-se de um terrorista internacional.

Entre mortos e feridos, todos se salvaram. Depois do incidente, o casal desfrutou das delícias da fazenda de Filisbino. Mas, por via das dúvidas, a volta pra casa foi feita de ônibus. Minha comadre chegara à conclusão de que não se deve lutar contra a natureza humana. Por sua vez, Juventino descobriu que urubus não têm hora nem lugar para pousar na nossa sorte, principalmente quando estamos lá nas alturas.

* Em memória de Roberto Drummond.

OFERENDA AO DEUS DOS GATOS

Aos ouvidos de Alonso, o ruído das goteiras tamborilava feito uma canção de ninar. Enfermeiro aposentado, ele sofria de uma insônia crônica provocada pelo estresse acumulado ao longo de muitos anos de trabalho em hospitais da rede pública. Nas noites de chuva, geralmente pegava no sono com certa facilidade. Já estava quase cochilando quando distinguiu um som macio e dissonante ao ritmo das goteiras. Abriu os olhos no escuro do quarto e afinou a audição. O estranho som se repetiu muito baixo e monótono, num distante moto-contínuo. Um gato, ele deduziu, ao ouvir o miado triste feito um pedido de socorro.

Alonso saltou da cama, calçou os sapatos e vestiu a velha capa de gabardine sobre o pijama. A mulher acordou assustada e ele a tranqüilizou. Disse que precisava ir lá fora, pois não poderia dormir ouvindo aquele miado e sabendo que o animal estava na chuva. Acendeu a luz da varanda, abriu a porta e passou também pela

TODO MUNDO É FILHO DA MÃE

garagem. Tão logo abriu o portão, pôde ver o felino do outro lado da rua, encolhido junto à porta de aço do comércio que ficava em frente à sua casa. Atravessou a rua e constatou que se tratava de um filhote. Acariciou-lhe o pêlo e segurou-o cuidadosamente junto ao peito. Voltou para casa e dirigiu-se ao banheiro. Tirou a capa e enxugou o cabelo na mesma toalha de rosto que utilizou em seguida para secar o pequeno animal. Depois levou-o até a cozinha e esquentou um pouco de leite. O bichinho de pêlo rajado estava mesmo faminto, pois lambuzou os bigodes e lambeu até o fundo do prato. Depois se acomodou sobre uma folha de jornal, embaixo do fogão, e logo começou a ronronar.

A princípio, a mulher não gostou da idéia, mas Alonso insistiu tanto que ela acabou se acostumando com o novo morador. Os filhos já estavam crescidos e há algum tempo o casal experimentava os efeitos da síndrome do ninho vazio. Federico – esse foi o nome que deram ao gato – não demorou muito a se tornar um mascote paparicado por todo mundo. Cresceu sob a proteção da família, recebendo os cuidados necessários para garantir-lhe a saúde, e não demorou a se tornar um animal gordo, de pêlo lustroso e longos bigodes prateados. Um ano depois, nada nele fazia lembrar o filhote mirrado recolhido na rua numa noite de chuva.

Certo dia, Alonso assistia à TV na cadeira do papai, que a filha mais velha lhe dera de presente no Natal passado. Sem aviso nenhum, Federico adentrou a sala silenciosamente, trazendo alguma coisa presa nos dentes. Com os olhos na telinha, o dono da casa assustou-se quando o bichano subiu no seu colo e nele depositou o cadáver de uma rolinha. Alonso não sabia, mas, aos olhos do gato domesticado, ele havia se transformado numa espécie de deus, seu colo era um altar de sacrifícios e aquele passarinho morto representava a oferenda do seu devoto num gesto de gratidão.

– *102* –

O TRIGO NOSSO DE CADA DIA

O velho era um homem de poucas posses, mas de uma sabedoria de dar inveja a muitos doutores. Certa vez, disse ao neto que não existiam grandes coisas no mundo, e sim um punhado de coisas pequenas que, unidas, formavam coisas grandiosas. Como exemplo disso, mostrou-lhe um pãozinho de sal. Essa conversa aconteceu durante um café da manhã, quando o menino passava férias na sua fazenda.

O velho pegou o pãozinho e o partiu ao meio com as mãos, feito Jesus na Santa Ceia. Depois perguntou ao neto o que é que ele estava vendo.

– Vejo duas metades de um mesmo pão, o menino respondeu.

O velho, então, pegou uma das metades e a desfez em migalhas, perguntando: – E agora?

– Vejo um monte de migalhas, o menino suspirou.

TODO MUNDO É FILHO DA MÃE

O velho era persistente no seu método e apelou para a curiosidade do neto, dizendo que ele deveria olhar muito além daquelas migalhas, se quisesse compreender a essência das coisas. Instigado, mas ainda sem entender direito o sentido da conversa, o menino disse que via à sua frente um montinho de farelo de pão.

O velho ficou pensativo e ergueu a sobrancelha direita, formando um ponto de interrogação em cima do olho.

– Farelo!, exclamou. – Mas e além do farelo, o que mais você pode ver?

O menino ficou pensativo, e somente hoje eu compreendo em parte o que o avô queria ensinar-lhe.

Quem vê o pão, com certeza não vê o trigo que foi empregado na sua fabricação. Tampouco enxerga as mãos calejadas de quem plantou e colheu esse mesmo trigo, os músculos de quem o embalou e carregou o caminhão ou o esforço do motorista que o transportou até o atacadista, que vendeu ao supermercado, que forneceu à padaria...

Ninguém visualiza no pão o rosto do padeiro, cujo suor ajudou a temperar a mistura da massa. Na verdade, nada é aquilo que parece ser. Um pão não é um pão, mas um punhado de grãos de trigo transmutado em farinha.

Para que nasça um pé de trigo, primeiro é necessário que a semente apodreça dentro da terra. Quando chega o verão e o trigal já está maduro, a paisagem brilha feito ouro aos olhos de quem a observa. Da destruição do trigal surgem os grãos, que precisam ser colhidos e esmagados para dar vez à farinha, que, finalmente, será transformada em pão.

Assim, aquele avô ensinava ao neto o respeito às pequenas coisas do mundo, incluindo os seres humanos destituídos de posse

– *104* –

O TRIGO NOSSO DE CADA DIA

e poder. Afinal, um mendigo nem sempre é tão pobre quanto parece e um homem rico pode não ser tão popular quanto imagina. Quem procura o mendigo gosta da pessoa que se esconde sob a sua pele, mas muitos daqueles que procuram a companhia do homem rico gostam apenas do seu dinheiro.

Toda vez que mastigo um pedaço de pão, fico imaginando o longo caminho percorrido pelo trigo até chegar à minha mesa. E essa idéia também se aplica a outros produtos, numa lista que não tem fim. Mas o que mais admiro nesse processo é o tamanho relativo das coisas. Afinal, nenhum pedaço de pão é tão grande e saboroso que não tenha surgido de uma semente de trigo apodrecida no coração da terra.

Ao me lembrar daquela conversa entre o avô e o neto durante o café da manhã, tenho a sensação de que tudo não passou de um sonho, mas eu já nem me lembro qual dos dois eu era, naquela ocasião.

– 105 –

CANARINHO VIRA-FOLHA

Meu compadre Juventino sempre gostou de passarinhos. Nos tempos em que era solteiro, chegou a ter uma pequena criação de canários belgas. Isso aconteceu há muito tempo, quando ele ainda se destacava na militância política de resistência à ditadura militar. Seguia a orientação trotsquista e, por isso mesmo, batizou seu canário predileto com o nome de Leon Trotsky. Só para chateá-lo, seu irmão Filisbino arranjou um gato angorá e o batizou com o nome de Stalin. E eis que um dia o felino malvado almoçou o penadinho preferido do meu futuro compadre. Graças a isso, a tese marxista de que a história se repete acabou sendo demonstrada em pleno quintal de sua casa.

Tempo passou, Juventino se casou, e, depois de muitas pressões da esposa, viu-se obrigado a reduzir a criação de canários a apenas um exemplar. Isso por razões sentimentais, pois o único canário do qual ele não se dispôs era um descendente de quinta

TODO MUNDO É FILHO DA MÃE

geração do saudoso Leon Trotsky. Ao contrário deste, no entanto, nunca havia cantado. Meu compadre chegou a levá-lo a um veterinário, pensando que o simpático bichinho tivesse algum problema nas cordas vocais. Depois de examiná-lo, o doutor concluiu que o passarinho não cantava porque crescera sozinho. O único canto de pássaro que ele conhecia era o pio dos pardais, que vinham comer as sobras de alpiste que ele atirava no piso da varanda.

Juventino acabou se habituando ao silêncio do seu companheiro de penas amarelas, até que, na manhã de segunda-feira, o solitário bichinho resolveu quebrar o silêncio. A exemplo do resto do País, meu compadre havia acordado cedo, vestira uma camisa amarela e ligara a TV por volta das oito horas para assistir à partida do Brasil contra os diabos vermelhos da Bélgica. Desde cedo, notara alguma coisa diferente no ar. Era impressão sua ou Leon Trotsky V havia ensaiado um tímido gorjeio naquela manhã? Seja lá como for, acostumado a muitas emoções na sua longa vida de torcedor do escrete nacional, Juventino experimentou uma dupla surpresa aos 35 minutos do primeiro tempo, quando o atacante belga Wilmots sacudiu a rede de Marcos com um gol que, felizmente, foi prontamente anulado pelo trio de arbitragem. Naquele exato momento, o canarinho disparou uma cantoria até então inédita, que deixou meu compadre com a pulga atrás da orelha.

Por sinal, a seleção canarinho propriamente dita começou a levantar a moral no segundo tempo, mas mesmo depois do gol de Rivaldo, os belgas ainda forçavam o ataque. A cada nova investida dos adversários, o canarinho cantava a plenos pulmões, como se estivesse torcendo pelo time belga. Somente depois que Ronaldinho passou a pelota entre as pernas do goleiro De Viegler, fazendo a rede balançar mais uma vez em favor do Brasil, foi que Leon Trotsky V mergulhou no mais profundo silêncio.

– 108 –

CANARINHO VIRA-FOLHA

Juventino comemorou a vitória auriverde, mas resolveu se livrar do seu último canário, dando-lhe de presente a um vizinho criador de pássaros. Para evitar novas surpresas, passou a semana inteira tentando convencer a mulher a se livrar do cachorro de estimação, um legítimo cocker spaniel inglês. Seria mais fácil ela se livrar dele, pois tinha verdadeiro amor pelo Rex. Mesmo assim, não poderia correr o risco de ter que aturar outro vira-folha em casa, durante a partida contra a Inglaterra. Por isso, providenciou uma mordaça e pôde ver a vitória do Brasil sossegado.

– 109 –

O CORAÇÃO É UMA BOLA DE COURO

O futebol sempre teve o poder mágico de transformar as pessoas. Não é à toa que o coração lembra uma bola de couro. Apesar da violência das torcidas organizadas, ninguém pode negar que o esporte bretão ainda conserva a capacidade de pacificar as pessoas, transformando marmanjos em crianças, haja vista a redução no índice de violência na Região Metropolitana de Belo Horizonte, no último fim de semana. Teóricos de plantão diriam que isso foi também uma conseqüência da queda da temperatura e da extensão do feriado de Corpus Christi. Vai ver até que eles estariam certos, mas isso não esvaziaria a força da expectativa criada pela primeira partida da seleção de Scolari na Copa do Japão e Coréia do Sul, na segunda-feira. A atenção da maioria dos brasileiros esteve voltada para a partida contra a Turquia, e isso com certeza ajudou a diminuir a agressividade coletiva.

Seja lá como for, o fato é que as grandes cidades perderam muito com o fim dos campos de futebol de bairros de antigamente. Graças

TODO MUNDO É FILHO DA MÃE

à especulação imobiliária e à falta de planejamento urbano, a molecada ficou sem espaço para realizar as peladas que tanto magnetizavam a comunidade. Além de servir como lazer e válvula de escape para as energias e ressentimentos acumulados, os embates na base do "time-contra-time" serviam também para harmonizar as relações sociais. Os campinhos de várzea reuniam crianças e jovens de diferentes classes sociais num clima democrático no qual até a rivalidade era sadia. O filho da lavadeira era amigo do filho do funcionário público, e ambos jogavam contra o filho do farmacêutico, que dividia a zaga com o filho do carroceiro ou do garrafeiro do bairro. Mesmo as brigas de turma, tão comuns naquela época, pareciam brincadeira se comparadas aos níveis da violência dos nossos dias.

As cidades cresceram desordenadamente e os loteamentos mal planejados engoliram para sempre os terrenos baldios, que geralmente eram convertidos em área de lazer ou campos de pelada. Com o fim daqueles espaços de integração, a juventude brasileira começou a sofrer um crescente processo de *apartheid*, que só serviu para aumentar a desconfiança, o medo e a rivalidade entre pobres e ricos. Hoje, o favelado e o filho de papai estão separados por um imenso fosso social que só serve mesmo para aumentar o clima belicista que a desigualdade criou nas grandes cidades, tendo as drogas como tempero. Entre o condomínio fechado e os barracos do morro – ou entre os brinquedos do *shopping center* e o parque de diversões itinerante – criou-se um abismo cada vez mais profundo.

Essa realidade danificou também a espinha dorsal do futebol brasileiro, hoje vitimado pela ação mercantilista dos cartolas, que transformaram o espetáculo esportivo num grande negócio nem sempre lícito. Com isso, aos olhos das gerações que testemunharam as antigas Copas do Mundo, a atuação do Brasil no atual campeonato

– *112* –

O CORAÇÃO É UMA BOLA DE COURO

mundial parece ser uma pálida caricatura dos tempos de glória. Talvez por isso o desempenho das equipes do Senegal e da Coréia do Sul consiga emocionar e surpreender os torcedores brasileiros. Afinal, esses times ainda conservam um pouco da magia, do improviso e da garra que caracterizavam as jogadas dos deuses do futebol, hoje amareladas no álbum de nossas lembranças.

O DESTINO E SUAS RAZÕES

Ele era um típico machão, desses que adoram uma aventura extraconjugal. Casado há 25 anos, talvez devido ao medo de sofrer na pele o efeito de suas próprias ações, mantinha a mulher e a filha guardadas a sete chaves. Raramente se preocupava em disfarçar o ciúme e sempre mantinha as duas sob rigorosa vigilância. No seu modo de ver as coisas, bastaria "dar bobeira" para que algum conquistador aparecesse tentando arrastar uma das duas. Por isso, sempre perguntava aonde e com quem elas iam, e nunca permitia que chegassem em casa muito tarde. Quando elas diziam que o ciúme deve ter limites, ele evocava o aumento da violência como o principal motivo de sua preocupação doentia.

De uns tempos para cá, tivera que se esforçar para mudar o comportamento com relação à filha. Aos 23 anos, a moça havia passado no vestibular de administração de empresas numa faculdade particular. Ela insistia em trabalhar durante o dia como recepcionista

TODO MUNDO É FILHO DA MÃE

num consultório dentário e, por isso mesmo, matriculara-se no turno da noite. O pai insistia em buscá-la na escola, mas pouco a pouco ela conseguiu dissuadi-lo, alegando que pegava carona com uma colega que morava num bairro próximo. A mãe, por sinal, dizia ao marido que os jovens precisam cortar as amarras pouco a pouco e que, geralmente, não gostam de se sentir vigiados pelos pais durante todo o tempo.

Mais compreensivo, mas nem por isso menos infiel, o velho Don Juan adquirira o hábito de sair com garotas de programa. Inventava para a mulher que ia jogar sinuca com os amigos e, por via das dúvidas, sempre levava pra casa um giz daqueles que os jogadores utilizam para melhorar o atrito da biqueira de couro do taco com a bola branca. Assim, qualquer suspeita de traição era logo debelada quando, dissimuladamente, ele pegava o giz e dizia não perder a mania de esquecê-lo no bolso da calça.

Dia desses, estimulado pela frente fria que chegara à cidade, ele telefonou do escritório para casa e avisou à mulher que um grupo de amigos o convidara para uma rodada no Brunswick, o salão de sinuca mais tradicional de Belo Horizonte. Como sempre, a mulher acreditou na desculpa esfarrapada e ele pôde sossegadamente ir ao alto da Afonso Pena, ali por volta das oito da noite, a fim de arrastar uma jovem dama da noite para momentos de prazer. Mas o destino tem razões que o próprio destino desconhece. Ele parou o carro próximo à calçada e acenou para um grupo de jovens vistosas que conversavam sob a luz de um poste, perto da Praça da Bandeira.

Uma loira aparentando pouco mais de 20 anos se aproximou toda sorridente, mas ele nem teve forças para cumprimentá-la. Seus olhos se fixaram na morena que tentava se esconder atrás do poste. A garota era sua filha e todo o seu machismo congelou nas veias, resultando numa taquicardia sem precedentes. Por muito pouco o

– 116 –

O DESTINO E SUAS RAZÕES

velho machão não sofreu um infarto. Pior que isso foi não poder dizer nada à esposa, pois se a filha contasse o que ele estava fazendo ali, com certeza seu casamento iria por água abaixo. Apesar de tudo, ele amava a mulher e não saberia viver sem a fortuna que ela herdara do pai.

TODO CUIDADO É POUCO

Passeata! Juventino estava no Café Nice, no domingo passado, quando ouviu a palavra mágica que tanto o entusiasmou. Há quanto tempo não se via em BH uma manifestação popular contra o sistema! Como quem pega o bonde andando, meu compadre viajou no tempo e se viu em meio aos estudantes universitários, jogando pedra na cavalaria e gritando palavras de ordem contra a ditadura militar. Uma das coisas de que ele mais se orgulhava era ter sido conduzido ao antigo Dops, em companhia de outros militantes liderados pela UNE. O ano era 1968, e por muito pouco o jovem rebelde não se tornou mártir da democracia. Seus ídolos, naquela época, eram Che Guevara e Carlos Lamarca, e ele só não foi enquadrado como subversivo porque o delegado de plantão era conhecido do seu velho pai. Mesmo trabalhando na repressão, o policial bonachão era daqueles que sabem que todo mundo já foi comunista na vida. Ele mesmo, quando jovem, protestara contra a

TODO MUNDO É FILHO DA MÃE

ditadura Vargas e por pouco não se filiara ao Partidão do camarada Prestes.

Passeata! Juventino já havia passado pelo Mercado Central, onde tomara meia dúzia de cervejas numa roda de amigos, que incluía Valter Braga, Sérgio Fantini e o elegante Pedro Campos, que preferia um bom Scotch antigo e aceito. Tão logo a turma se dispersou, ele resolveu dar uma passada no Nice, só para rever o Praes e o Pedro Mesquita, antigos companheiros de papo e purrinha nas modorrentas tardes da Praça Sete. E foi ali, no café mais tradicional da cidade, que o ex-militante da esquerda festiva sentiu o sangue ferver ao ouvir falar na tal passeata que, certamente, fora organizada em protesto contra a política neoliberal de FHC, que comprometia tanto as finanças quanto os valores nacionais. Ele chegara atrasado, pois o coro dos descontentes já havia deixado a praça, onde se concentrara no início da tarde.

Depois que venceu o alcoolismo, Juventino só bebia cerveja de vez em quando e, quando isso acontecia, disparava num falatório daqueles de sufocar o interlocutor. A mistura de álcool e cevada embotava sua capacidade de escutar e raramente ele dava tempo para os outros dizerem alguma coisa. Foi só ouvir a palavra "passeata" para perguntar "quando" e "onde". Tão logo apontaram-lhe o rumo, lá se foi o meu compadre subindo a Rio de Janeiro quase trocando as pernas, tropeçando na própria sombra. Já estava na avenida Álvares Cabral quando viu a multidão organizada. Apertou o passo e entrou na marcha com o antigo repertório de palavras de ordem já na ponta da língua.

Seu primeiro estranhamento se deu quando viu rapazes abraçados com rapazes e garotas de mãos dadas com garotas. Um grupo fantasiado lembrou-lhe a famosa Banda Mole, que sempre abre o

– 120 –

TODO CUIDADO É POUCO

Carnaval na cidade. Ao ver uma faixa ilustrada com o arco-íris e a frase "faça amor, não faça guerra", ele deduziu que a manifestação não era contra o governo, mas em favor da paz, pois a sociedade já não agüenta mais tanta violência. E eis que de repente, não mais que de repente, a multidão se dispersou aos gritos e uma carreta desgovernada precipitou-se pela calçada, atropelando um punhado de gente...

Meu compadre Juventino acordou no dia seguinte, num leito do HPS, com a cabeça enfaixada e um braço na tipóia, sem entender direito o que havia acontecido. Minha comadre fora informada por telefone que ele havia sido atropelado e acorrera ao hospital em busca de informações. Só então ficou sabendo que o marido fora atropelado em plena Parada do Orgulho Gay. O nome dele apareceu na lista de feridos e os rapazes alegres lhe enviaram uma corbelha de flores, chamando-o de simpatizante. Juventino evita falar no assunto e, quando o faz, insiste em dizer que só estava cortando caminho quando a tragédia aconteceu. Na sua opinião, passeata nunca mais, pois já não se fazem manifestações como antigamente.

– *121* –

No limite do puxa-saquismo

O puxa-saquismo é uma das mais antigas instituições humanas, e sua origem se perde no tempo. Dizem até que Abel foi assassinado por Caim porque este não suportava as médias que o irmão fazia com o Criador. Assim, o primeiro crime de que se tem notícia resultou da inveja do algoz, provocada pelo puxa-saquismo da vítima. Seja lá como for, o fato é que o puxa-saquismo encontrou um campo fértil no Brasil, onde sempre esteve atrelado ao nepotismo. Em sua missiva a Dom Manuel, Pero Vaz de Caminha cobriu de elogios as novas terras descobertas por Cabral. Com habilidade, soube preparar terreno para pedir uma boquinha na corte para um parente seu. E assim, na terra em que se plantando tudo dá, lançaram-se as sementes do toma-lá-dá-cá, que germinaram feito maria sem-vergonha.

Um puxa-saco confesso é meu amigo Juan, que para fazer jus ao nome também cultiva a fama de conquistador barato. Freqüentador do Brunswick, um dos salões de sinuca mais movimentados de BH,

TODO MUNDO É FILHO DA MÃE

ele sempre foi um exímio jogador de Bola 7. Dizem até que já venceu campeões como Toquinho e Rui Chapéu, nos tempos em que Luciano do Vale transmitia partidas de sinuca pela TV. No entanto, o campeão nunca se atrevia a exibir suas habilidades ao dono da empresa onde trabalhava. É verdade que o vaidoso patrão manejava o taco com destreza, mas sequer desconfiava que Juan escondia o jogo para alisar-lhe o ego.

Certo dia, como todo puxa-saco que se preza, Juan se fez de oferecido para ir a um churrasco no sítio do patrão, lá pelos lados de Pedro Leopoldo. Era aniversário do homem, que aproveitou a festa para apresentar aos amigos a primeira namorada que arranjara depois de se divorciar. Domingo de sol em volta da piscina, muita cerveja e uma roda de pagode, lá estava Juan bajulando o dono da casa a ponto de sua mulher ficar constrangida. Ali pelas duas da tarde, alguém sugeriu uma partida de sinuca, já que o anfitrião tinha fama de ser bom de taco. Este fez gênero de falso modesto, mas acabou convidando o fiel empregado para iniciarem a rodada de Bola 7.

Juan já estava meio alto e a mulher nem quis acompanhá-lo à mesa de jogo, preferindo ficar na piscina. O patrão venceu a primeira partida sem dificuldade. Sua linda namorada, 25 anos mais jovem que ele, comemorou com beijinhos e gritinhos de "viva". Louco por um rabo de saia, Juan já estava de olho nas perigosas curvas da futura patroa. O álcool havia embotado sua autocensura e ele então resolveu pedir uma revanche. O patrão era um mal perdedor e pouco a pouco foi ficando irritado com a performance do empregado.

Juan ganhou várias partidas. A notícia se espalhou pelo sítio e todo mundo veio ver a sucessão de derrotas do anfitrião. Em certo momento, agora flertando com a namorada do patrão, o exibido jogador resolveu passar a sua vez. Todo mundo que joga sinuca sabe

— *124* —

No limite do puxa-saquismo

que nada dói mais no orgulho do bom jogador do que o adversário passar-lhe a jogada. "Passo", disse Juan, mais embriagado pelo sucesso do que pelo álcool propriamente dito. O patrão entornou o caldo: "Passe você no departamento pessoal, amanhã de manhã, para acertarmos as contas." Juan pediu desculpas, mas não adiantou. Ganhou sete partidas e perdeu o emprego, aprendendo na prática que o puxa-saquismo não admite meio termo.

OCULTAÇÃO DE CADÁVER

Meu compadre Juventino perdeu a sogra no mês passado. Na verdade, tudo aconteceu de repente, enquanto aproveitava a baixa temporada primaveril para curtir as férias no litoral capixaba. Aliás, esse fato muito o teria alegrado, não fossem as condições em que ocorreu e a surpresa reservada para o final da história. Para início de conversa, ele não queria levá-la com eles. A velha não sabia nadar, detestava sol e, sempre que ia à praia, passava boa parte do tempo reclamando do calor e do forte cheiro da maresia. Tinha alergia a camarão, não bebia água de coco e o criticava sempre que ele pedia uma cerveja. Mesmo assim, minha comadre não abriu mão de levá-la com eles. Afinal, sempre fora uma boa filha e, agora que a mãe era idosa, não seria justo deixá-la sozinha em casa, enquanto ela, o marido, a filha e o neto iam descansar em Guarapari, no Espírito Santo.

No sexto dia de permanência na casa de praia alugada, a velha simplesmente não acordou. Juventino estranhou o fato. Nos dias

TODO MUNDO É FILHO DA MÃE

anteriores, ela sequer havia esperado a cantoria dos galos da vizinhança para saltar da cama e acordar todo mundo. Primeiro coava o café e depois saía batendo de porta em porta, dizendo "Bom dia!" e avisando que os primeiros raios de sol é que fazem bem à saúde. Naquele dia, eles perderam a hora. O cheiro de feijão cozido da casa ao lado já impregnava a atmosfera quando o neto de Juventino saiu da cama e foi até o quarto da bisavó. Foi ele quem deu o alarme. Pelo jeito, ela morreu dormindo e isso acabou com as férias da família.

Passado o desespero inicial, minha comadre sugeriu que deveriam chamar a polícia e conseguir autorização para transportar o corpo até Belo Horizonte. Juventino, que sempre teve o pragmatismo entre suas principais qualidades, resolveu diminuir os aborrecimentos. "Vamos transportá-la no reboque, junto com a bagagem e as sombrinhas de praia", sugeriu. A princípio, a mulher não concordou, mas ele conseguiu convencê-la de que essa seria a medida mais sensata. Assim, viajariam imediatamente de volta para casa e já no dia seguinte poderiam sepultá-la no jazigo da família, no Cemitério do Bonfim. Fizeram as malas rapidamente, enrolaram o corpo num lençol e o colocaram no reboque. Meia hora depois, já estavam na BR-262. A idéia inicial era vir direto, mas como ainda não haviam almoçado, Juventino teve que parar numa lanchonete à beira da estrada para fazerem um lanche rápido, ali por volta das duas da tarde.

Tal não foi a surpresa da família ao retornar ao carro. O reboque havia desaparecido e com ele toda a bagagem e o corpo da matriarca. Minha comadre desmaiou no ato e Juventino não teve outra saída senão pedir ajuda ao dono da lanchonete. Este ligou para o posto mais próximo da Polícia Rodoviária Federal e, pouco depois, uma viatura chegava ao local. Ajudado pela filha, Juventino conseguira reanimar a mulher, que foi logo contando tudo aos policiais. Ela mal terminou

– 128 –

OCULTAÇÃO DE CADÁVER

seu depoimento e o sargento que comandava a viatura informou que todos seriam detidos, acusados de ocultação de cadáver. Foram conduzidos à delegacia da cidade mais próxima, onde as mulheres e o menino foram logo liberados. Juventino virou a noite numa cela da cadeia pública, cercado por meia dúzia de maus elementos. Na tarde do dia seguinte, recebeu pelo celular um telefonema da esposa. Ela soluçava de alegria, explicando que ele já podia ser liberado. Sua mãe havia chegado em casa vivinha da silva. Quem roubou o reboque levou apenas a bagagem e o abandonou num posto de gasolina, com o suposto cadáver dentro. A velha acordou do sono cataléptico e pediu carona a um caminhoneiro, que fez a gentileza de levá-la até em casa. Juventino amaldiçoou a própria sorte e, só de pirraça, pediu ao delegado para passar o resto da semana no xadrez.

NOS TEMPOS DO CORONEL AMÂNCIO

Durante a ditadura militar, um amigo meu tinha mania de gozar os colegas invocando o nome fictício de um tal Coronel Amâncio. Assim, toda vez que uma greve ou passeata começava a prejudicar a rotina da população, lá vinha ele com sua colher de pau: "Chamem o Coronel Amâncio que ele resolve." Claro que isso era só brincadeira, um jeito descontraído de jogar lenha na fogueira das vaidades daqueles que nunca saíam às ruas reivindicando coisa alguma, mas que insistiam em posar de esquerda festiva. Depois de alguns chopes no bar da esquina, começavam a pregar a revolução do proletariado e cantavam a Internacional Socialista com os punhos cerrados. No dia seguinte, mesmo que as centrais sindicais decretassem a maior greve da história, lá estavam eles, como bons cordeirinhos, curtindo a ressaca atrás da mesa de trabalho.

Apesar da repressão, naquela época ainda havia consciência cívica e um certo respeito às autoridades constituídas. Até porque,

TODO MUNDO É FILHO DA MÃE

como alertou o antigo PCB do camarada Prestes, a ação dos extremistas que pegaram em armas contra o regime serviu de pretexto para legitimar a repressão violenta aos ideais democráticos. A ditadura foi de extrema eficiência no combate à luta armada e, por tabela, ao idealismo daqueles que sonhavam com a liberdade. No momento atual, o que se percebe é uma total desorientação das autoridades frente à ação cada vez mais audaciosa dos narcotraficantes. Na verdade, o crime não é tão organizado quanto dizem. O estado brasileiro é que se mostra mais desorganizado que nunca. É nítida a expressão de pânico no rosto das autoridades durante as entrevistas coletivas sobre o assunto. Só falta cantarem o mote "Tá tudo dominado". Ameaçadas em sua segurança e privacidade, deveriam agir com energia, disciplina e determinação em esmagar os verdadeiros inimigos da liberdade.

Se perguntarmos a qualquer cidadão brasileiro o que mais o preocupa atualmente, a resposta com certeza será a violência. Mais que a alta do dólar, o desemprego, os riscos de uma quebradeira geral como a que aconteceu na Argentina tempos atrás, a ação dos criminosos é o principal temor da população. A ironia é que as técnicas de guerrilha e a organização do narcotráfico no País foram ensinadas à bandidagem justamente pelos presos políticos, quando os dois grupos coabitavam o presídio da Ilha Grande, no Rio de Janeiro. A organização dos presidiários só foi possível graças à disciplina e à solidariedade dos grupos de combatentes políticos ali recolhidos. Nasceu assim o Comando Vermelho, que não demorou a assumir o controle do crime nos morros cariocas, transformando-os em quilombos ou pequenas repúblicas independentes, nas quais o Estado sempre esteve ausente.

Mesmo tendo sido governado por militares durante um longo período de exceção, o Brasil não profissionalizou as forças armadas,

– *132* –

Nos tempos do coronel Amâncio

não criou uma guarda nacional nos moldes norte-americanos e, de certa forma, desvirtuou a noção dos direitos humanos: a integridade do criminoso tornou-se mais importante que a vida de suas vítimas. Tudo isso contribui para a eficiência do crime. Além disso, o País não resolveu problemas primários, como a questão agrária, a redistribuição de renda e o fim da miséria. Pelo contrário, em tempos de neoliberalismo e globalização, os problemas sociais se agravaram. Apesar disso, derrotar o crime depende acima de tudo de vontade política. A Itália deu um exemplo de determinação, ao reduzir os poderes da máfia, que eliminava seus desafetos com extrema ousadia e eficiência. Durante os debates nas eleições deste ano, a violência foi pouco enfatizada. No entanto, o novo governo federal terá que apontar prioridades e adotar estratégias de segurança, impondo os rigores da lei. Até porque, os partidários da "doutrina Bush", nos Estados Unidos, não vão admitir uma segunda Colômbia no Cone Sul. Oxalá não convoquem novamente os serviços do Coronel Amâncio.

MARATONA DE CANDIDATO

Vida de candidato não é sopa. Quem vê esse ilustres senhores sorrindo nos postes nem imagina o quanto eles padecem. A começar pela dor de consciência ao contemplar o próprio sorriso largo e franco. Afinal, eles riem do quê?

Para quem não sabe, campanha eleitoral é uma verdadeira maratona para os candidatos. Haja sapato e pneus para tantos quilômetros percorridos em busca do voto. Haja saliva para conquistar o eleitor, esse ilustre desconhecido que tem a petulância de duvidar da honestidade da classe política que tanto se esforça em seu benefício. Haja óleo de peroba!

Se fosse na Roma Antiga, o deus dos políticos seria Baco, pois é preciso ter muito apetite para encarar banquetes e coquetéis. Enquanto metade da população faz regime e a outra metade morre de fome, candidato que se preza nunca se furta a fazer uma boquinha, sendo obrigado a almoçar e jantar várias vezes ao dia.

TODO MUNDO É FILHO DA MÃE

É um franguinho ao molho pardo em Minas Gerais; acarajé apimentado na Bahia; buchada de bucho de bode no Ceará; pirarucu no azeite de dendê no Amazonas; churrasco de maminha de alcatra no Rio Grande do Sul; feijoada completa no Rio de Janeiro; e (claro!) a irresistível pizza de mussarela, meu, em São Paulo... Tudo isso regado a coca *light*, que ninguém é de ferro.

Com tantas calorias acumuladas ao longo da campanha, não há candidato que não engorde uns quilinhos nesta época do ano. Afinal, o pecado da gula se tornou uma virtude no manual do marketing político. E quando a turma sai de cena, logo após as eleições, com certeza pode ser encontrada nos melhores spas do País, tentando recuperar a forma e superar o trauma da comilança. Tem candidato que até sonha com comida e acaba mordendo o travesseiro.

Mas os problemas não param por aí. Tem político que sofre de tendinite na mão direita, devido à quantidade de cumprimentos. Alguns se queixam de hematomas nas costas, provocados pelos abraços e tapinhas que recebem dos eleitores e correligionários mais entusiasmados. Outros reclamam de pisões, joanetes e bolhas nos pés.

Pior ainda é ter que enfrentar batalhões de repórteres, sempre com perguntas irritantes e indiscretas, e participar de debates com adversários que parecem ter memória de elefante. Também não é nada fácil subir os morros, pisar no barro de becos e ruas descalças, trilhar as veredas do sertão, carregar no colo crianças catarrentas e agüentar grupos de pagode e duplas sertanejas, sabendo que são eles as verdadeiras atrações do showmício.

Mas tudo isso vale a pena quando a vitória não é pequena. Pior é quando o sacrifício resulta em derrota e o ex-candidato não conta sequer com o consolo de uma vaguinha no segundo escalão. Foi o

MARATONA DE CANDIDATO

caso daquele vereador que fez de tudo para se reeleger e eleger um primo para o cargo de prefeito. Ele perdeu a eleição, mas consolou-se com a vitória do outro, na certeza de que seria escolhido para alguma secretaria.

Na solenidade de posse, o ex-vereador posava de papagaios de pirata com cara de galã. Em seu discurso, o novo burgomestre foi de uma objetividade surpreendente:

– Agradeço o apoio que me foi dado, especialmente pelo meu querido primo, que me emprestou seu prestígio e sua experiência de vereador. Mas, para provar que não sou adepto do nepotismo, assumo desde já o compromisso de não ter nenhum parente na minha administração.

A solenidade foi subitamente interrompida com um ruído surdo. Devido ao estresse e à grande surpresa preparada pelo primo, o ex-vereador havia desmaiado, sendo retirado às pressas pelos seguranças. Diante de tamanha decepção, perdeu a confiança na própria classe e nunca mais se envolveu em política.

– *137* –

CARPIDEIRA NAS HORAS VAGAS

No auge do tropicalismo, quando Caetano Veloso estava em todas as paradas de sucesso com a canção Irene, minha tia de mesmo nome cultivava o hábito de freqüentar o velório do Bonfim, em Belo Horizonte. Ela ia lá sem mais nem menos, mesmo sem conhecer os mortos ou seus familiares, apenas para se solidarizar com a dor alheia. Fazia isso impulsionada por uma mórbida atração pela morte e por tudo o que lhe dizia respeito. Se alguém perguntava o por quê dessa estranha mania, ela respondia dizendo-se uma cristã preocupada em consolar o próximo na hora mais difícil. Contrariando o refrão "Irene ri, Irene ri...", ela chorava mais que os familiares do morto.

Certa vez ela passou dos limites e, logo depois do sepultamento, um homem de terno preto veio parabenizá-la pela performance. "Como assim?", ela perguntou, enxugando as lágrimas. O estranho pensou que se tratasse de uma carpideira contratada pela agência funerária ou pela família do morto. Tia Irene disse que não, que estava ali

TODO MUNDO É FILHO DA MÃE

movida apenas pelo espírito cristão que deveria envolver a todos. Como católica, apostólica, "romântica", ela jamais se furtaria ao sacrifício de prantear um morto desconhecido, já que a Bíblia nos ensina a fazer o bem sem olhar a quem. O homem de preto insistiu na qualidade de sua representação e perguntou se ela não gostaria de se profissionalizar no ramo da carpição. Deu a ela um cartão da funerária Good Way e disse que poderia agenciá-la. Com isso, ambos ganhariam muito dinheiro. Tia Irene achou aquilo um disparate e acabou agredindo o estranho com sua inseparável sombrinha de cabo de marfim. O coitado quase caiu dentro de uma sepultura que acabara de ser aberta. Os familiares do morto, que já se retiravam do cemitério, ficaram sem entender o que estava acontecendo.

Apesar do incidente, três dias depois, lá estava ela carpindo um defunto com pinta de Clack Gable, cuja viúva permanecia impassível à cabeceira do caixão. O marido havia sido um verdadeiro casanova durante toda a vida, e ela jamais o perdoaria por isso. Foi aí que Tia Irene cometeu o erro fatal. Estava "naqueles dias" e um tanto deprimida, e isso fez com que ela realmente exagerasse na dose. Seus soluços e lágrimas incomodaram a todos os presentes e, lá pelas tantas, alguém a abraçou, confundindo-a com a própria viúva. Esta não suportou a humilhação e começou a xingar Tia Irene, dizendo "ponha-se daqui pra fora, sua sirigaita destruidora de lares". O vexame passou das medidas. Virou caso de polícia e manchete de jornal. Desde então, minha tia nunca mais pranteou defuntos alheios. E mesmo nos velórios da família, passou a se comportar com extrema discrição.

– *140* –

O VERDADEIRO SEXO FORTE

O movimento feminista que abalou o mundo a partir dos anos 60, queimando sutiãs em praças públicas e prometendo liberar as mulheres da opressão masculina, acabou mergulhando a maioria delas num universo de dupla jornada de trabalho. Disso todo mundo sabe. Principalmente elas, guerreiras cujas armas principais são a sutileza, a perseverança e a disciplina na disputa do mercado de trabalho com os homens. Como salienta o sociólogo Domenico De Masi, essas qualidades são primordiais na sociedade pós-industrial.

Minha mulher costuma dizer que elas evoluíram muito nos últimos tempos, enquanto a maioria dos homens continua na Idade da Pedra. E ela garante que essa opinião não tem nada de pessoal, o que eu espero ser verdade. Parafraseando o antigo ditado, podemos dizer que, na frente de uma grande mulher, nem sempre existe um grande homem. Mas, apesar de tantas evidências de liberação e maturidade,

TODO MUNDO É FILHO DA MÃE

elas ainda são escravas de preconceitos muitas vezes alimentados por si mesmas.

A questão da magreza forçada, por exemplo, exige das gordinhas um enorme sacrifício para perder aqueles quilinhos que sempre aparecem quando exageram no garfo. Claro que a vaidade é um fator de sustentação e sobrevivência de qualquer ser humano, independentemente do sexo, mas passar toda a vida submetendo-se ao regime alimentar exige uma disciplina sobre-humana. Até porque, quem inventou esse negócio de mulher magérrima foram os mestres da alta costura. Na verdade, eles não precisam de mulheres, mas de cabides com rostos bonitos para desfilar a produção de suas sofisticadas grifes. Como diria Balzac, quem gosta de mulher muito magra é estudante de medicina. É evidente que ninguém precisa engordar além das medidas ou competir com as baleias, mas fazer sacrifícios para fugir à própria tendência genética é mera perda de tempo.

Além desses regimes exagerados e do consumo de drogas que prometem o emagrecimento milagroso, a mulher também é vítima da competição com pessoas do mesmo sexo. Na verdade, engana-se quem pensa que elas vivem se empetecando para agradar ao olhar masculino. Tudo faz parte de um ritual ditado pela própria natureza. Se assim não fosse, ao chegar em casa, depois daquela solenidade festiva repleta de peruas, ela não se apressaria em tirar o pretinho básico e sensual para se enfiar no velho pijaminha de flanela, com direito ao famigerado creme facial e àqueles ridículos rolinhos de cabelo, na base do marido é que se dane. Afinal, ela já mostrou socialmente que é a dona do pedaço. Por isso, todo aquele ritual antes de sair de casa é para tentar vencer a concorrência num mercado cada vez mais congestionado de cinderelas em busca de um príncipe encantado, mesmo que ele tenha a sutileza de um sapo.

– *142* –

O VERDADEIRO SEXO FORTE

Por essas e outras, cabelo branco em cabeça de homem maduro virou charme. E ai da balzaquiana que não tingir as madeixas para esconder a neve do tempo! Na certa, correrá o risco de saltar do status de titia para vovó, num simples piscar de olhos. E quem dirá isso serão as outras mulheres, que serão as primeiras a cobrar-lhe uma aparência mais jovial. E haja disposição para malhar! Conheço algumas que têm mais tempo de academia que urubu de vôo. Quanto a seus respectivos companheiros, geralmente preferem exagerar na cerveja, cultivando a chamada barriga da prosperidade. Não bastasse tudo isso, elas ainda têm que lutar contra a celulite, a TPM e, depois de certa idade, contra os efeitos da menopausa. Mesmo assim, continuam poderosas que só vendo.

Quando se vêem desempregadas, vão à luta e, se for preciso, lavam roupa pra fora, vendem salgadinhos ou se especializam em limpeza doméstica com grande eficiência. Na mesma situação, o homem se desespera, se entrega à bebida e sucumbe à depressão. Na verdade, ao longo de muitos séculos, o homem se dedicou exclusivamente à guerra e à caça, cabendo às mulheres todo o resto. Num mundo de guerras virtuais e espécies em extinção, onde até mesmo a reprodução humana já pode ser feita através de clonagem ou inseminação artificial, resta-nos pouca coisa a fazer. E ainda dizem que elas é que são o sexo frágil.

TODO MUNDO É FILHO DA MÃE

Mãe é um negócio tão besta que todo mundo tem uma. Da baleia ao jaburu, passando pela cobra e o morcego, até chegar ao *homo sapiens*, mãe é mãe e estamos conversados. Nós, os mamíferos, começamos a vida mergulhados em suas águas, no útero que imita o universo na forma e no som. Afinal, o *tuntuntun* do coração materno é o primeiro ruído que a gente escuta e nada mais é do que um eco distante do *big bang*. E o curioso é que mãe é um troço tão bem bolado que ninguém jamais morreu afogado no líquido amniótico. Adão com certeza foi um cara feliz por não ter tido sogra, mas já imaginaram a frustração que ele sentiu ao ver os filhos sendo amamentados por Eva?

Mãe é uma coisa tão necessária que nem mesmo a fé cristã, com aquela história machista de Pai do Céu, conseguiu expurgar do inconsciente coletivo a sombra da Grande Mãe. Maria, feminino de mar – talvez numa alusão ao fato da vida ter surgido no oceano –, foi

TODO MUNDO É FILHO DA MÃE

escolhida para ser a mãe de Jesus. O que ela não sabia é que mais tarde seria promovida a Mãe de Deus. Por essas e outras, uma vez Fernando Sabino perguntou a Murilo Rubião se ele acreditava em Deus. "Não", foi a resposta. "Mas tenho muita fé em Nossa Senhora." E tem até uma piada, segundo a qual o filho dela defendia uma pecadora contra a multidão: "Quem não tiver pecado, que atire a primeira pedra." E eis que um cascalho cruzou o espaço e rachou a testa da coitada. Jesus, enfurecido, bradou: "Fique fora disso, mamãe..."

Na hora do suplício, o Filho de Deus olhou para cima e perguntou ao Pai por que Ele o havia abandonado. Diante do silêncio, olhou para baixo e consolou-se ao ver Maria aos pés da cruz, com os olhos vermelhos de dor. A Bíblia não conta, mas com certeza lá também estavam as mães dos dois ladrões que foram crucificados ao lado de Jesus. No entanto, dor maior foi a da mãe de Judas. Afinal, o filho pode ser um canalha, que aos olhos da mamãe continuará sendo sempre "o meu guri". Fico pensando na reação da mãe de Freud, quando ele se atreveu a falar do complexo de Édipo: "Deixa de besteira, menino, e vem jantar antes que a comida esfrie." Enquanto isso, a supermãe do velho Jack explicava as coisas pacientemente: "Vamos por partes, meu filho, vamos por partes."

Em outras palavras, mãe não é gente, é instituição. E é um negócio tão sério que para ofender um homem basta xingar sua genitora. Juízes de futebol que o digam. Aliás, todo esse blábláblá é só para confessar que eu sinto uma falta danada da minha mãe. Não pela data propriamente dita, pois a única vantagem de não ter mãe é ser poupado do almoço do Dia das Mães. Mas ai daquele que só lembra dela nesse dia! O filho da mãe mata a velha de preocupação o ano inteiro, e no segundo domingo de maio aparece com a maior

– 146 –

TODO MUNDO É FILHO DA MÃE

cara-de-pau, saboreia a melhor macarronada do mundo e nem se oferece para lavar os pratos.

Pra dizer a verdade, eu sinto saudade até das palmadas que levei quando era criança. A mão da minha mãe parecia ser tão grande e pesada! De repente, virei marmanjo e aquela mão ficou miúda e leve feito pluma dentro das minhas mãos. E hoje, que a minha mãe vive de prosa com a Mãe do Céu, percebo finalmente que grande e pesada é a mão do mundo. Afinal, quando querem, as mães também podem ser terríveis, mas o mundo – geralmente – consegue ser bem pior.

(DOBRE E COLE)

FAÇA PARTE DE NOSSO MAILING LIST

Nome: _____

Endereço: _____
_____

Bairro: _____
Cep: _____ – _____
Cidade: _____ Estado: _____

E-mail: _____

Profissão: _____
Professor: ☐ sim   ☐ não
Disciplina: _____

Áreas de interesse:
☐ Informática   ☐ Didáticos
☐ Auto-ajuda   ☐ Jogos
☐ Saúde   ☐ Outros _____

De que forma tomou conhecimento deste livro:
☐ amigo   ☐ revista   ☐ jornal
☐ Internet   ☐ Outros _____

Sugestões:
_____
_____
_____

WWW.LCM.COM.BR

Todo mundo é filho da mãe

Rua Alice Figueiredo, 46
20950-150 – Riachuelo – Rio de Janeiro

Nome:
Endereço:
Cep:
Cidade: Estado:

Sumidouro das Almas é um romance pretensioso, repleto de citações, referências e reverências a outros autores.

A história se passa no Norte de Minas e no Vale do Jequitinhonha, região desértica onde a miséria material contrasta com a riqueza da chamada cultura popular. O ano é 1959, quando o presidente Juscelino Kubtischek realiza no coração de Goiás a construção de Brasília. O momento da trama é, portanto, divisor de águas na história nacional, pois colocaria o País nos trilhos da modernidade sem, contudo, extirpá-lo da miséria e da violência que chegariam aos nossos dias.

O mito de Fausto é retomado na figura de um jovem garimpeiro movido pelo ódio e pelo sentimento de vingança, que alimenta o sonho quixotesco de ser um justiceiro como os mocinhos dos filmes de faroeste.

Surgem nas entrelinhas do texto uma intencional familiaridade com a *pulp-fiction*, a literatura de cordel e o regionalismo brasileiro, cujo vigor narrativo ajudou a fundamentar a identidade nacional.

À venda nas melhores livrarias.

Uma jornada para a cura

Autora: *Jeanne Achterberg*
368 páginas
ISBN: 85-7393-208-2

O mistério da cura com freqüência se manifesta em nossas vidas quando somos convocados a caminhar pelas dificuldades da doença e da perda. Inteligente, engraçado e profundamente comovente, é o relato honesto de uma mulher em busca de totalidade.

Em *Uma jornada para a cura*, Jeanne Achterberg oferece uma visão corajosa e inabalável sobre sua própria cura – guiando-nos até a sabedoria interior em todos os seus aspectos surpreendentes.

À venda nas melhores livrarias

O corpo e a mente

Autora: *Caroline M. Sutherland*
400 páginas
ISBN: 85-7393-200-7

Este livro lhe mostra a "ciência do corpo físico", destilada em uma fórmula fácil de seguir. Do início ao fim, **Caroline Sutherland** o conduz por uma viagem à compreensão dos componentes físicos, emocionais e espirituais da boa saúde.

Contando sua história na medicina intuitiva através de casos fascinantes, bem como tópicos como menopausa, infância e muito mais, Caroline explica como "aguçar" seus instintos e desmistificar os processos de seu corpo físico.

À venda nas melhores livrarias

Como tornar seus sonhos realidade

Autora: *Pamala Oslie*
200 páginas
ISBN: 85-7393-198-1

Um livro que levará o leitor a explorar os pensamentos e crenças que, inconscientemente, regem a sua vida. Utilizando jogos e testes simples, ensina como conscientizar-se das crenças que limitam o indivíduo, conduzindo-o através de um extenso processo de mudança dessas crenças que o impedem de viver todo o seu verdadeiro potencial.

De acordo com a consagrada consultora psicológica e autora Pamala Oslie, as únicas limitações do Homem são aquelas que ele mesmo aceita. Escrito com base em uma experiência de vários anos, a autora compartilha seus segredos e mostra ao leitor como atingir seus objetivos de vida.

À venda nas melhores livrarias

EDITORA CIÊNCIA MODERNA

Impressão e acabamento
Gráfica da Editora Ciência Moderna Ltda.
Tel.: (21) 2201-6662